基礎日本語

陳連浚　阮文雅　陳亭希　陳淑女　陳瑜霞
楊琇媚　鄭玟玲　鄧美華　劉淑如　川路祥代　　合著

全華圖書股份有限公司

序

　　這是一本學習日語的入門書，針對國內日語學習實際狀況，特別是修讀第二外語（日語）的學習者，以循序漸進，易學易懂為原則來編寫。

　　本書具有以下特點：

一、全冊十二課，每週三小時，為期一年的授課進度，配合日語能力測驗N5四級的內容。

二、第一課介紹日語的發音與重音，以及常用的招呼用語。第二課起分成「單語」、「文型」、「用例」、「會話」、「練習問題」、「文法說明」以及小專欄等單元。

三、新單字都標示重音。所有例句的漢字都加上假名，以方便學習。

四、會話場面的設定力求貼近日常生活。

五、學習者可藉由「用例」理解句型，再透過「會話」、「練習問題」靈活運用，使日語的學習更加得心應手。

六、本書附有單字索引，便於檢索出處。

七、本書另附有平假名、片假名練習本以及單字卡，可以更加輕鬆學習。

　　由於具有上述特點，我們相信，不論是經驗豐富的日語教育先進或初執教鞭者，皆能毫無困難地使用本教材。學習者也可以在輕鬆自然的學習過程中，獲得成就感。本書第二冊亦延續第一冊的優點，將是一本適合第二年使用的好教材。

　　本書集合了十位教學經驗豐富的日語教師，經過多次討論商議，在全華圖書公司的全力支持下完成。每位成員都抱持著經驗分享的熱忱，參與本書的編輯，衷心期盼各位先進與學習者給予我們支持與建議，持續追求進步。

「基礎日本語」教材編輯小組

範 例

一、課文內容

本書除第一課外，分成「單語」、「文型」、「用例」、「會話」、「練習問題」、「文法說明」以及小專欄等各個部分。其內容大致如下：

「單語」➡新單字，加注重音及中譯。

「文型」➡主要句型。

「用例」➡以實例說明句型。

「會話」➡ 設定各種不同場面，練習對話。

「練習問題」➡根據主要句型，以代換等方式來進行練習。

「文法說明」➡就主要文法事項，提供淺顯易懂的說明。

「小專欄」➡介紹日語相關知識。

二、略語及記號

0 重音（平板型）

1 重音（重音在第一音節）

2 重音（重音在第二音節）

3 重音（重音在第三音節）

（以下類推，另本書只列出最常使用的重音）

[名]　　名詞

[感]　　感嘆詞

[副]　　副詞

[代]　　代名詞

[動]　　動詞

[動 I]　第一類動詞

[動 II]　第二類動詞

[動III]　第三類動詞

[イ形] イ形容詞

[ナ形] ナ形容詞

[連體] 連體詞

[接尾] 接尾詞

[英～] 外來語語源（英語）

[荷～] 外來語語源（荷蘭語）

[葡～] 外來語語源（葡萄牙語）

[法～] 外來語語源（法語）

[德～] 外來語語源（德語）

[義～] 外來語語源（義大利語）

[姓] 姓氏

（ ）可省略之處 例如：（李さんは）韓国人です。

／ 可視需要，選取其中一種來使用 例如：これ／それ／あれは　[N]です。

→ 解答 例如：→それは　林さんの　本です。

[N] 名詞

[N₁] 本句第一個名詞

[N₂] 本句第二個名詞

[N₃] 本句第三個名詞

[N₄] 本句第四個名詞

[Na] ナ形容詞

[A い] イ形容詞

[A] 形容詞

[V] 動詞

[数詞] 數量詞

[時間] 表示時間的語詞

[時間 1] 本句第一個表示時間的語詞

[時間 2] 本句第二個表示時間的語詞

目 次

五十音表 …………………………………………………………… 001

書寫練習 …………………………………………………………… 003

第 1 課　発音とあいさつ ………………………………………… 023

第 2 課　私は学生です …………………………………………… 039

第 3 課　これは何ですか ………………………………………… 049

第 4 課　ここは教室です ………………………………………… 059

第 5 課　机の上に本があります ………………………………… 069

第 6 課　このりんごはいくらですか …………………………… 085

第 7 課　日本語の勉強はどうですか …………………………… 101

第 8 課　今　何時ですか ………………………………………… 115

第 9 課　学校へ行きます ………………………………………… 125

第10課　一緒にテニスをしませんか …………………………… 139

第11課　私は台湾料理が好きです ……………………………… 155

第12課　昨日は暑かったです …………………………………… 169

附　錄 ……………………………………………………………… 182

索　引 ……………………………………………………………… 191

五 十 音 表

■ 清音・鼻音

行\段	あ 段			い 段			う 段			え 段			お 段		
あ行	あ	ア	a	い	イ	i	う	ウ	u	え	エ	e	お	オ	o
か行	か	カ	ka	き	キ	ki	く	ク	ku	け	ケ	ke	こ	コ	ko
さ行	さ	サ	sa	し	シ	shi	す	ス	su	せ	セ	se	そ	ソ	so
た行	た	タ	ta	ち	チ	chi	つ	ツ	tsu	て	テ	te	と	ト	to
な行	な	ナ	na	に	ニ	ni	ぬ	ヌ	nu	ね	ネ	ne	の	ノ	no
は行	は	ハ	ha	ひ	ヒ	hi	ふ	フ	fu	へ	ヘ	he	ほ	ホ	ho
ま行	ま	マ	ma	み	ミ	mi	む	ム	mu	め	メ	me	も	モ	mo
や行	や	ヤ	ya	い	イ	i	ゆ	ユ	yu	え	エ	e	よ	ヨ	yo
ら行	ら	ラ	ra	り	リ	ri	る	ル	ru	れ	レ	re	ろ	ロ	ro
わ行	わ	ワ	wa	い	イ	i	う	ウ	u	え	エ	e	を	ヲ	o
	ん	ン	n												

■ 濁音・半濁音

が	ガ	ga	ぎ	ギ	gi	ぐ	グ	gu	げ	ゲ	ge	ご	ゴ	go
ざ	ザ	za	じ	ジ	ji	ず	ズ	zu	ぜ	ゼ	ze	ぞ	ゾ	zo
だ	ダ	da	ぢ	ヂ	ji	づ	ヅ	zu	で	デ	de	ど	ド	do
ば	バ	ba	び	ビ	bi	ぶ	ブ	bu	べ	ベ	be	ぼ	ボ	bo
ぱ	パ	pa	ぴ	ピ	pi	ぷ	プ	pu	ぺ	ペ	pe	ぽ	ポ	po

■ 拗音

きゃ	キャ	kya	きゅ	キュ	kyu	きょ	キョ	kyo
ぎゃ	ギャ	gya	ぎゅ	ギュ	gyu	ぎょ	ギョ	gyo
しゃ	シャ	sha	しゅ	シュ	shu	しょ	ショ	sho
じゃ	ジャ	ja	じゅ	ジュ	ju	じょ	ジョ	jo
ちゃ	チャ	cha	ちゅ	チュ	chu	ちょ	チョ	cho
にゃ	ニャ	nya	にゅ	ニュ	nyu	にょ	ニョ	nyo
ひゃ	ヒャ	hya	ひゅ	ヒュ	hyu	ひょ	ヒョ	hyo
びゃ	ビャ	bya	びゅ	ビュ	byu	びょ	ビョ	byo
ぴゃ	ピャ	pya	ぴゅ	ピュ	pyu	ぴょ	ピョ	pyo
みゃ	ミャ	mya	みゅ	ミュ	myu	みょ	ミョ	myo
りゃ	リャ	rya	りゅ	リュ	ryu	りょ	リョ	ryo

Note

● 平假名書寫練習 ●

ひらがな ● 清音 鼻音

あ	あ	あ	あ								
い	い	い	い								
う	う	う	う								
え	え	え	え								
お	お	お	お								
か	か	か	か								
き	き	き	き								
く	く	く	く								
け	け	け	け								
こ	こ	こ	こ								
さ	さ	さ	さ								
し	し	し	し								
す	す	す	す								
せ	せ	せ	せ								
そ	そ	そ	そ								

た	た	た	た									
ち	ち	ち	ち									
つ	つ	つ	つ									
て	て	て	て									
と	と	と	と									
な	な	な	な									
に	に	に	に									
ぬ	ぬ	ぬ	ぬ									
ね	ね	ね	ね									
の	の	の	の									
は	は	は	は									
ひ	ひ	ひ	ひ									
ふ	ふ	ふ	ふ									
へ	へ	へ	へ									
ほ	ほ	ほ	ほ									
ま	ま	ま	ま									
み	み	み	み									
む	む	む	む									
め	め	め	め									
も	も	も	も									

や	や	や	や									
ゆ	ゆ	ゆ	ゆ									
よ	よ	よ	よ									
ら	ら	ら	ら									
り	り	り	り									
る	る	る	る									
れ	れ	れ	れ									
ろ	ろ	ろ	ろ									
わ	わ	わ	わ									
を	を	を	を									
ん	ん	ん	ん									

● 平假名書寫練習 ●

ひらがな ● 濁　音 半濁音

が	が	が	が								
ぎ	ぎ	ぎ	ぎ								
ぐ	ぐ	ぐ	ぐ								
げ	げ	げ	げ								
ご	ご	ご	ご								
ざ	ざ	ざ	ざ								
じ	じ	じ	じ								
ず	ず	ず	ず								
ぜ	ぜ	ぜ	ぜ								
ぞ	ぞ	ぞ	ぞ								
だ	だ	だ	だ								
ぢ	ぢ	ぢ	ぢ								
づ	づ	づ	づ								
で	で	で	で								
ど	ど	ど	ど								

ば	ば	ば	ば								
び	び	び	び								
ぶ	ぶ	ぶ	ぶ								
べ	べ	べ	べ								
ぼ	ぼ	ぼ	ぼ								
ぱ	ぱ	ぱ	ぱ								
ぴ	ぴ	ぴ	ぴ								
ぷ	ぷ	ぷ	ぷ								
ぺ	ぺ	ぺ	ぺ								
ぽ	ぽ	ぽ	ぽ								

● 平假名書寫練習 ●

ひらがな ● 拗音橫寫

きゃ	きゃ				
きゅ	きゅ				
きょ	きょ				
しゃ	しゃ				
しゅ	しゅ				
しょ	しょ				
ちゃ	ちゃ				
ちゅ	ちゅ				
ちょ	ちょ				
にゃ	にゃ				
にゅ	にゅ				
にょ	にょ				
ひゃ	ひゃ				
ひゅ	ひゅ				
ひょ	ひょ				

みゃ	みゃ					
みゅ	みゅ					
みょ	みょ					
りゃ	りゃ					
りゅ	りゅ					
りょ	りょ					
ぎゃ	ぎゃ					
ぎゅ	ぎゅ					
ぎょ	ぎょ					
じゃ	じゃ					
じゅ	じゅ					
じょ	じょ					
びゃ	びゃ					
びゅ	びゅ					
びょ	びょ					
ぴゃ	ぴゃ					
ぴゅ	ぴゅ					
ぴょ	ぴょ					

● 平假名書寫練習 ●

ひらがな ● 拗音直寫

きゃ	きゃ				ちゃ	ちゃ			
きゅ	きゅ				ちゅ	ちゅ			
きょ	きょ				ちょ	ちょ			
しゃ	しゃ				にゃ	にゃ			
しゅ	しゅ				にゅ	にゅ			
しょ	しょ				にょ	にょ			

ひゃ	ひゃ				りゃ	りゃ			
ひゅ	ひゅ				りゅ	りゅ			
ひょ	ひょ				りょ	りょ			
みゃ	みゃ				ぎゃ	ぎゃ			
みゅ	みゅ				ぎゅ	ぎゅ			
みょ	みょ				ぎょ	ぎょ			

じゃ	じゃ				ぴゃ	ぴゃ			
じゅ	じゅ				ぴゅ	ぴゅ			
じょ	じょ				ぴょ	ぴょ			
びゃ	びゃ								
びゅ	びゅ								
びょ	びょ								

●片假名書寫練習●

カタカナ● 清音 鼻音

ア	ア	ア	ア								
イ	イ	イ	イ								
ウ	ウ	ウ	ウ								
エ	エ	エ	エ								
オ	オ	オ	オ								
カ	カ	カ	カ								
キ	キ	キ	キ								
ク	ク	ク	ク								
ケ	ケ	ケ	ケ								
コ	コ	コ	コ								
サ	サ	サ	サ								
シ	シ	シ	シ								
ス	ス	ス	ス								
セ	セ	セ	セ								
ソ	ソ	ソ	ソ								

タ	タ	タ	タ								
チ	チ	チ	チ								
ツ	ツ	ツ	ツ								
テ	テ	テ	テ								
ト	ト	ト	ト								
ナ	ナ	ナ	ナ								
ニ	ニ	ニ	ニ								
ヌ	ヌ	ヌ	ヌ								
ネ	ネ	ネ	ネ								
ノ	ノ	ノ	ノ								
ハ	ハ	ハ	ハ								
ヒ	ヒ	ヒ	ヒ								
フ	フ	フ	フ								
ヘ	ヘ	ヘ	ヘ								
ホ	ホ	ホ	ホ								
マ	マ	マ	マ								
ミ	ミ	ミ	ミ								
ム	ム	ム	ム								
メ	メ	メ	メ								
モ	モ	モ	モ								

ヤ	ヤ	ヤ	ヤ								
ユ	ユ	ユ	ユ								
ヨ	ヨ	ヨ	ヨ								
ラ	ラ	ラ	ラ								
リ	リ	リ	リ								
ル	ル	ル	ル								
レ	レ	レ	レ								
ロ	ロ	ロ	ロ								
ワ	ワ	ワ	ワ								
ヲ	ヲ	ヲ	ヲ								
ン	ン	ン	ン								

● 片假名書寫練習 ●

カタカナ ● 濁　音
半濁音

ガ	ガ	ガ	ガ								
ギ	ギ	ギ	ギ								
グ	グ	グ	グ								
ゲ	ゲ	ゲ	ゲ								
ゴ	ゴ	ゴ	ゴ								
ザ	ザ	ザ	ザ								
ジ	ジ	ジ	ジ								
ズ	ズ	ズ	ズ								
ゼ	ゼ	ゼ	ゼ								
ゾ	ゾ	ゾ	ゾ								
ダ	ダ	ダ	ダ								
ヂ	ヂ	ヂ	ヂ								
ヅ	ヅ	ヅ	ヅ								
デ	デ	デ	デ								
ド	ド	ド	ド								

バ	バ	バ	バ								
ビ	ビ	ビ	ビ								
ブ	ブ	ブ	ブ								
ベ	ベ	ベ	ベ								
ボ	ボ	ボ	ボ								
パ	パ	パ	パ								
ピ	ピ	ピ	ピ								
プ	プ	プ	プ								
ペ	ペ	ペ	ペ								
ポ	ポ	ポ	ポ								

● 片假名書寫練習 ●

カタカナ ● 拗音橫寫

キャ	キャ				
キュ	キュ				
キョ	キョ				
シャ	シャ				
シュ	シュ				
ショ	ショ				
チャ	チャ				
チュ	チュ				
チョ	チョ				
ニャ	ニャ				
ニュ	ニュ				
ニョ	ニョ				
ヒャ	ヒャ				
ヒュ	ヒュ				
ヒョ	ヒョ				

ミャ	ミャ					
ミュ	ミュ					
ミョ	ミョ					
リャ	リャ					
リュ	リュ					
リョ	リョ					
ギャ	ギャ					
ギュ	ギュ					
ギョ	ギョ					
ジャ	ジャ					
ジュ	ジュ					
ジョ	ジョ					
ビャ	ビャ					
ビュ	ビュ					
ビョ	ビョ					
ピャ	ピャ					
ピュ	ピュ					
ピョ	ピョ					

●片假名書寫練習●

カタカナ ●拗音直寫

キャ	キャ				チャ	チャ			
キュ	キュ				チュ	チュ			
キョ	キョ				チョ	チョ			
シャ	シャ				ニャ	ニャ			
シュ	シュ				ニュ	ニュ			
ショ	ショ				ニョ	ニョ			

					リャ	リャ			
ヒャ	ヒャ				リュ	リュ			
ヒュ	ヒュ				リョ	リョ			
ヒョ	ヒョ				ギャ	ギャ			
ミャ	ミャ				ギュ	ギュ			
ミュ	ミュ				ギョ	ギョ			
ミョ	ミョ								

ジャ	ジャ				ピャ	ピャ			
ジュ	ジュ				ピュ	ピュ			
ジョ	ジョ				ピョ	ピョ			
ビャ	ビャ								
ビュ	ビュ								
ビョ	ビョ								

第1課　発音とあいさつ

<ruby>発音<rt>はつ おん</rt></ruby>

【発音】

一、平仮名　💿CD1-01

■ 清音・鼻音

あ	い	う	え	お
か	き	く	け	こ
さ	し	す	せ	そ
た	ち	つ	て	と
な	に	ぬ	ね	の
は	ひ	ふ	へ	ほ
ま	み	む	め	も
や		ゆ		よ
ら	り	る	れ	ろ
わ				を
ん				

■ 濁音・半濁音

が	ぎ	ぐ	げ	ご
ざ	じ	ず	ぜ	ぞ
だ	ぢ	づ	で	ど
ば	び	ぶ	べ	ぼ
ぱ	ぴ	ぷ	ぺ	ぽ

(一)清 音　💿CD1-02

あ行

あ　a	い　i	う　u	え　e	お　o
あい〔愛〕	いえ〔家〕	うえ〔上〕	え〔絵〕	あお〔青〕

か行

か ka	き ki	く ku	け ke	こ ko
かお〔顔〕	えき〔駅〕	きく〔菊〕	いけ〔池〕	こえ〔声〕

さ行

さ sa	し shi	す su	せ se	そ so
さけ〔酒〕	あし〔足〕	すし〔鮨〕	あせ〔汗〕	そこ〔底〕

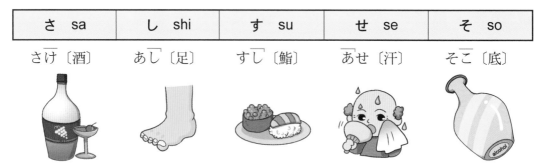

た行

た ta	ち chi	つ tsu	て te	と to
たこ〔蛸〕	くち〔口〕	つくえ〔机〕	て〔手〕	とけい〔時計〕

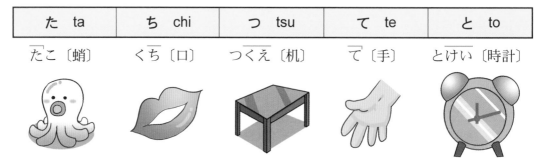

な行

な na	に ni	ぬ nu	ね ne	の no
なす	かに	いぬ〔犬〕	ねこ〔猫〕	つの〔角〕

は行

は ha	ひ hi	ふ fu	へ he	ほ ho
はな〔花〕	ひと〔人〕	ふね〔船〕	へそ	ほし〔星〕

ま行

ま ma	み mi	む mu	め me	も mo
うま〔馬〕	みみ〔耳〕	むし〔虫〕	め〔目〕	もも〔桃〕

や行

や ya		ゆ yu		よ yo
やま〔山〕		ゆき〔雪〕		ひよこ〔雛〕

ら行

ら ra	り ri	る ru	れ re	ろ ro
さくら〔桜〕	とり〔鳥〕	さる〔猿〕	れい〔零〕	ふろ〔風呂〕

わ行

わ wa				を o (wo)
わに				えをかく

(二)鼻 音

ん n
ほん〔本〕

(三)濁 音 CD1-03

が行

が ga	ぎ gi	ぐ gu	げ ge	ご go
がくせい	ぎんこう	かぐ	げんき	ごはん
〔学生〕	〔銀行〕	〔家具〕	〔元気〕	〔ご飯〕

ざ行

ざ za	じ ji	ず zu	ぜ ze	ぞ zo
はいざら〔灰皿〕	かじ〔火事〕	みず〔水〕	かぜ〔風邪〕	ぞう〔象〕

だ行

だ da	ぢ ji	づ zu	で de	ど do
だいこん〔大根〕	はなぢ〔鼻血〕	こづつみ〔小包〕	でんわ〔電話〕	まど〔窓〕

ば行

ば ba	び bi	ぶ bu	べ be	ぼ bo
かばん	えび〔蝦〕	しんぶん〔新聞〕	べんとう〔弁当〕	とんぼ

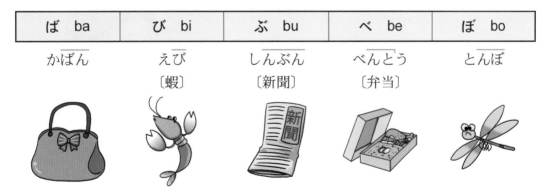

(四) 半濁音

ぱ行

ぱ　pa	ぴ　pi	ぷ　pu	ぺ　pe	ぽ　po
かんぱい 〔乾杯〕	えんぴつ 〔鉛筆〕	てんぷら	ぺらぺら	さんぽ 〔散歩〕

休息一下

あいうえおの うた
（あいうえおの 歌）

あいうえ　おはよう
かきくけ　こんにちは
さしすせ　そうですか
たちつて　とんでもない
なにぬね　のんびりと
みんないっしょにうたいましょう。

はひふへ　ほんとうに
まみむめ　もういちど
やいゆえ　よろこんで
らりるれ　ローマンス
わいうえ　おもしろい
んでとうとうおわり。

（五）拗音　　CD1-04

きゃ kya	きゅ kyu	きょ kyo	ぎゃ gya	ぎゅ gyu	ぎょ gyo
しゃ sha	しゅ shu	しょ sho	じゃ ja	じゅ ju	じょ jo
ちゃ cha	ちゅ chu	ちょ cho	びゃ bya	びゅ byu	びょ byo
にゃ nya	にゅ nyu	にょ nyo	ぴゃ pya	ぴゅ pyu	ぴょ pyo
ひゃ hya	ひゅ hyu	ひょ hyo			
みゃ mya	みゅ myu	みょ myo			
りゃ rya	りゅ ryu	りょ ryo			

【発音練習】

きゃく〔客〕　　　　きゅうきゅうしゃ〔救急車〕　ゆうびんきょく〔郵便局〕

ぎゃく〔逆〕　　　　ぎゅうにゅう〔牛乳〕　　　きんぎょ〔金魚〕

しゃしん〔写真〕　　しゅみ〔趣味〕　　　　　じしょ〔辞書〕

じゃぐち〔蛇口〕

まんじゅう

じょせい〔女性〕

おちゃ〔お茶〕

ちゅうしゃ〔注射〕

ちょうちょう〔蝶々〕

こんにゃく

にょうぼう〔女房〕

びょういん〔病院〕

ひゃく〔百〕

りょこう〔旅行〕

さんみゃく〔山脈〕

(六) 促 音　💿CD1-05

【発音練習】

ざっし〔雑誌〕

きって〔切手〕

きっぷ〔切符〕

がっこう〔学校〕

はっぱ〔葉っぱ〕

しっぽ

【比較練習】

おと〔音〕	にし〔西〕
おっと〔夫〕	にっし〔日誌〕

かき〔柿〕	もと〔元〕
かっき〔画期〕	もっと

(七) 長 音 ●CD1-06

あ長音	あ段音＋「あ」	おかあさん〔お母さん〕 おばあさん〔お婆さん〕	
い長音	い段音＋「い」	おじいさん〔お爺さん〕 おにいさん〔お兄さん〕	
う長音	う段音＋「う」	くうこう〔空港〕 くうき〔空気〕	すうがく〔数学〕
え長音	え段音＋「い」 え段音＋「え」	えいご〔英語〕 おねえさん〔お姉さん〕	けいざい〔経済〕
お長音	お段音＋「う」 お段音＋「お」	おとうさん〔お父さん〕 こおり〔氷〕	こうえん〔公園〕 おおきい〔大きい〕

【比較練習】

おばさん〔叔母さん〕
おばあさん〔お婆さん〕

おじさん〔叔父さん〕
おじいさん〔お爺さん〕

ここ
こうこう〔高校〕

めし〔飯〕
めいし〔名刺〕

ゆき〔雪〕
ゆうき〔勇気〕

とり〔鳥〕
とおり〔通り〕

二、アクセント

日語的音調沒有強弱之分，只有高低音。可以分成下列四種類型。

1. 頭高型（あたまだかがた）

第一個音節發高音，第二音節以後發低音，表示符號為 ①。

① からす　　　① さる　　　　① じしょ　　　① ねこ

2. 中高型（なかだかがた）

第一個音節發略低音，第二音節以後發高音，中途再降低音，表示符號為 ②、③、④‥‥以此類推。

② たまご　　　② あなた　　　③ れいぞうこ　　④ どうぶつえん

3. 尾高型（おだかがた）

第一個音節發略低音，第二音節以後發高音，表示符號為 ②、③、④‥‥以此類推。

③ おとこ　　　④ アメリカ　　② はな（花）　　③ あした

4. 平板型（へいばんがた）

第一個音節發略低音，第二音節以後發高音，表示符號為 ⓪。

⓪ おとな　　　⓪ わたし　　　⓪ えいご　　　⓪ はな（鼻）

【注意】

平板型和尾高型在單獨發音時，高低變化之差異並無不一樣，但在後面接上助詞時，便會出現

わたし＋は→　わたしは

あした＋は→　あしたは

三、片仮名　💿CD1-07

■ 清音・鼻音

ア	イ	ウ	エ	オ
カ	キ	ク	ケ	コ
サ	シ	ス	セ	ソ
タ	チ	ツ	テ	ト
ナ	ニ	ヌ	ネ	ノ
ハ	ヒ	フ	ヘ	ホ
マ	ミ	ム	メ	モ
ヤ		ユ		ヨ
ラ	リ	ル	レ	ロ
ワ				ヲ
ン				

■ 濁音・半濁音

ガ	ギ	グ	ゲ	ゴ
ザ	ジ	ズ	ゼ	ゾ
ダ	ヂ	ヅ	デ	ド
バ	ビ	ブ	ベ	ボ
パ	ピ	プ	ペ	ポ

■ 拗音

キャ	キュ	キョ	ギャ	ギュ	ギョ
シャ	シュ	ショ	ジャ	ジュ	ジョ
チャ	チュ	チョ	ビャ	ビュ	ビョ
ニャ	ニュ	ニョ	ピャ	ピュ	ピョ
ヒャ	ヒュ	ヒョ			
ミャ	ミュ	ミョ			
リャ	リュ	リョ			

【発音練習】

アイス (ice)	アイロン (iron)	アニメ (animation)	インク (ink)
エプロン (拉丁 apron)	カメラ (camera)	クリスマス (Christmas)	クラス (class)
テスト (test)	トマト (tomato)	トイレ (toile)	ホテル (hotel)
ネクタイ (necktie)	ナイフ (knife)	ミルク (milk)	フィルム (film)
レモン (lemon)	メロン (melon)	アンテナ (antenna)	アルバム (album)
バナナ (banana)	テレビ (television)	ピアノ (piano)	メニュー (menu)
ジュース (juice)	ニュース (news)	コンピュータ (computer)	ノート (note)
ケーキ (cake)	デパート (department store)	ヘルメット (helmet)	スリッパ (slipper)
マッチ (match)	オリンピック (Olympic)		

你知道嗎?

接近原音的「外來語表記法」

外來語的表記法裡，為了更接近原來的發音，新增加了下列的發音（在此僅列出較常使用的發音）。

	ウィ		ウェ	ウォ
			シェ	
			ジェ	
			チェ	
	ティ			
	ディ			
ファ	フィ		フェ	フォ

ウィスキー (whisk(e)y)　ウェディング (wedding)　ウォッチ (watch)

シェーカー (shaker)　ダイジェスト (digest)　チェーン (chain)

ティー　　(tea)　ビルディング (building)　ファン　(fan)

フィルム　(film)　フェンス　　(fence)　フォーク (fork)

【あいさつ】　CD1-08

1. おはよう（おはようございます）

2. こんにちは。

3. こんばんは。

4. おやすみなさい。

5. さようなら。

6. どうぞ。

7. どうも。（どうもありがとうございます。）

8. すみません。

9. いいえ、どういたしまして。

10. おげんきですか。

　　はい、げんきです。（おかげさまで、元気です）

11. しつれいします。

12. いってきます。（いってまいります。）

　　いっていらっしゃい。

13. ただいま。

　　おかえりなさい。

14. いただきます。

　　ごちそうさまでした。

15. どうぞよろしく。（おねがいします。）

　　こちらこそ。（どうぞ　よろしく　おねがいします。）

Note

第 2 課　私^{わたし}は学^{がく}生^{せい}です

【単語】　　　　　　　　　　　　　　　　　　🔊 CD1-09

⓪	わたし	私 わたし	[代]	我
②	あなた		[代]	你
⓪	がくせい	学生 がくせい	[名]	學生
③	せんせい	先生 せんせい	[名]	老師
④	だいがくせい	大学生 だいがくせい	[名]	大學生
⑤	だいがくいんせい	大学院生 だいがくいんせい	[名]	研究生
⑤	たいわんじん	台湾人 たいわんじん	[名]	台灣人
④	かんこくじん	韓国人 かんこくじん	[名]	韓國人
④	にほんじん	日本人 にほんじん	[名]	日本人
④	ちゅうごくじん	中国人 ちゅうごくじん	[名]	中國人
⓪	アメリカ	アメリカ	[名]	美國（英 America）
④	アメリカじん	アメリカ人 じん	[名]	美國人
③	かいしゃいん	会社員 かいしゃいん	[名]	公司職員
③	こうむいん	公務員 こうむいん	[名]	公務人員
⓪	せんこう	専攻 せんこう	[名]	主修
⓪	えいご	英語 えいご	[名]	英語
⓪	にほんご	日本語 にほんご	[名]	日語

5 こくさいきぎょう	国際企業	[名]	國際企業
4 ざいむきんゆう	財務金融	[名]	財務金融
4 でんしこうがく	電子工学	[名]	電子工程
5 じょうほうかんり	情報管理	[名]	資訊管理
1 はい		[感]	是，對
3 いいえ		[感]	不；不是；不對
1 おう	王	[姓]	王
1 ちょう	張	[姓]	張
1 り	李	[姓]	李
1 りん	林	[姓]	林
1 ちん	陳	[姓]	陳
0 すずき	鈴木	[姓]	鈴木
0 たなか	田中	[姓]	田中
0 きむら	木村	[姓]	木村

はじめまして	初めまして	初次見面
どうぞ		請
よろしく　おねがいします	よろしくお願いします	請多指教
こちらこそ		彼此彼此；哪裏哪裏

【文型】

1. [N₁]は　[N₂]です。

2. [N₁]は　[N₂]ではありません。

3. [N₁]は　[N₂]ですか。

4. [N₁]も　[N₂]です。

5. [N₁]は　[N₂]で、[N₃]は　[N₄]です。

【用例】　　　　　　　　　　　　　　　　　　💿 CD1-10

1. 私(わたし)は　学生(がくせい)です。

2. 私(わたし)は　先生(せんせい)ではありません。

3. 王(おう)さんは　大学生(だいがくせい)ですか。

   はい、私(わたし)は　大学生(だいがくせい)です。

4. 張(ちょう)さんは　台湾人(たいわんじん)ですか。

   いいえ、私(わたし)は　台湾人(たいわんじん)ではありません。韓国人(かんこくじん)です。

   　　　　　　　　（じゃ）

5. 李(り)さんも　韓国人(かんこくじん)ですか。

   はい、私(わたし)も　韓国人(かんこくじん)です。

   いいえ、私(わたし)は　韓国人(かんこくじん)ではありません。台湾人(たいわんじん)です。

   　　　　　　　　（じゃ）

6. 林さんは　会社員ですか。

　　はい、そうです。

　　いいえ、そうではありません。公務員です。

　　　　　　　（じゃ）

7. 王さんは　台湾人で、鈴木さんは　日本人です。

【会話】　　　　　　　　　　　CD1-11

陳　：初めまして。私は　陳です。

　　　どうぞ　よろしく　お願いします。

田中：こちらこそ　よろしく　お願いします。

　　　私は　田中です。

陳　：田中さんは　日本人ですか。

田中：はい、そうです。私は　日本人です。

陳　：大学生ですか。

田中：いいえ、大学生ではありません。大学院生です。

　　　陳さんも　大学院生ですか。

陳　：いいえ、そうではありません。私は　大学生で、

　　　専攻は　英語です。

【練習問題】

1. 語句を入れ替えて練習しなさい。

(1) 私は　台湾人です。

①日本人　　　②韓国人　　　③中国人　　　④アメリカ人

(2) 私は　陳です。

①林　　　②李　　　③王　　　④張

(3) 私は　大学生ではありません。

①先生　　　②会社員　　　③公務員　　　④大学院生

(4) 専攻は　英語です。

①国際企業　　　②財務金融　　　③電子工学　　　④情報管理

2. 次の文を完成させなさい。

(1) A：李さんは　大学生ですか。

B：はい、＿＿＿＿＿＿＿＿＿＿＿＿＿＿＿＿＿＿＿＿＿＿＿＿

いいえ、＿＿＿＿＿＿＿＿＿＿＿＿＿＿＿＿＿＿＿＿＿＿＿

(2) A：木村さんは　大学院生ですか。

B：はい、＿＿＿＿＿＿＿＿＿＿＿＿＿＿＿＿＿＿＿＿＿＿＿＿

いいえ、＿＿＿＿＿＿＿＿＿＿＿＿＿＿＿＿＿＿＿＿＿＿＿

(3) A：王さんは　会社員ですか。

B：はい、＿＿＿＿＿＿＿＿＿＿＿＿＿＿＿＿＿＿＿＿＿＿＿＿

いいえ、＿＿＿＿＿＿＿＿＿＿＿＿＿＿＿＿＿＿＿＿＿＿＿

(4) A：張さんも　公務員ですか。

B：はい、＿＿＿＿＿＿＿＿＿＿＿＿＿＿＿＿＿

いいえ、＿＿＿＿＿＿＿＿＿＿＿＿＿＿＿＿

(5) A：林さんも　日本人ですか。

B：はい、＿＿＿＿＿＿＿＿＿＿＿＿＿＿＿＿＿

いいえ、＿＿＿＿＿＿＿＿＿＿＿＿＿＿＿＿

3. 自己紹介をしなさい。

初めまして。私は＿＿＿＿＿＿＿＿＿です。

大学生です。

専攻は＿＿＿＿＿＿＿＿＿です。

どうぞ　よろしく　お願いします。

4. 次の質問に答えなさい。

(1) あなたは　大学生ですか。→　＿＿＿＿＿＿＿＿＿＿＿＿

(2) あなたは　会社員ですか。→　＿＿＿＿＿＿＿＿＿＿＿＿

(3) あなたは　王さんですか。→　＿＿＿＿＿＿＿＿＿＿＿＿

(4) あなたは　日本人ですか。→　＿＿＿＿＿＿＿＿＿＿＿＿

(5) あなたは　台湾人ですか。→　＿＿＿＿＿＿＿＿＿＿＿＿

(6) 専攻は　日本語ですか。→　＿＿＿＿＿＿＿＿＿＿＿＿

5. 例のように、二つの文を一つにしなさい。

例：李さんは　会社員です。王さんは　公務員です。
　　→李さんは　会社員で、王さんは　公務員です。

(1) 張さんは　台湾人です。田中さんは　日本人です。

　→ _____

(2) 私は　大学生です。専攻は　財務金融です。

　→ _____

(3) 李さんは　大学院生です。（李さんは）韓国人です。

　→ _____

【文法説明】

1. [N₁]は　[N₂]です。

例：林<ruby>林<rt>りん</rt></ruby>さん<u>は</u>　<ruby>大学生<rt>だいがくせい</rt></ruby>です。

（林小姐是大學生。）

「[N₁]は　[N₂]です」是肯定句，表示「N₁ 是 N₂」。

「は」的發音原本為「ha」，例如「<u>は</u>な」（鼻）的「は」讀做「ha」，但「<ruby>林<rt>りん</rt></ruby>さんは　<ruby>大学生<rt>だいがくせい</rt></ruby>です」句中的「は」當「助詞」，要讀做「wa」。用來表示一個句子的「主題」。

「です」是斷定助動詞，相當於中文的「是」，放在句末，對主題具有判斷說明，表示肯定之意。

2. [N₁]は　[N₂]ではありません。

例：王<ruby>王<rt>おう</rt></ruby>さん<u>は</u>　<ruby>公務員<rt>こうむいん</rt></ruby>ではありません。
　　<ruby>王<rt>おう</rt></ruby>さん<u>は</u>　<ruby>公務員<rt>こうむいん</rt></ruby>じゃありません。

（王先生不是公務員。）

「[N₁]は　[N₂]ではありません」表示「N₁ 不是 N₂」。「ではありません」是「です」的否定形，相當於中文的「不是」。口語時亦可將「ではありません」說成「じゃありません」。

3. [N₁]は　[N₂]ですか。

例：李<ruby>李<rt>り</rt></ruby>さん<u>は</u>　<ruby>先生<rt>せんせい</rt></ruby>ですか。

（李小姐是老師嗎？）

「か」是終助詞，接在句子最後面，表疑問句。日文的疑問句通常句尾加「か」而且語調要上揚。疑問句標點符號一般使用「。」而不用「？」。

可以下列方式回答：

(1) 完整回答句

はい、李さんは　先生です。（是，李小姐是老師。）

いいえ、李さんは　先生ではありません。（不，李小姐不是老師。）

(2) 簡答句

はい、そうです。（是，是的。）

いいえ、そうではありません。（不，不是的。）

4. [N₁]も　[N₂]です。

例：陳さんも　大学生です。

（陳先生也是大學生。）

「も」是助詞，相當於中文的「也」。表示與前面所提到的內容相同。

例：A：林さんは　会社員ですか。（林小姐是公司職員嗎？）

B：はい、林さんは　会社員です。（是的，林小姐是公司職員。）

A：陳さんも　会社員ですか。（陳先生也是公司職員嗎？）

B：はい、陳さんも　会社員です。（是的，陳先生也是公司職員。）

A：王さんも　会社員ですか。（王先生也是公司職員嗎？）

B：いいえ、王さんは　会社員ではありません。

（不，王先生不是公司職員。）

　　若回答為否定時，主題用「は」，而不用助詞「も」。就如同中文會回答「不，王先生不是公司職員」，而不會回答「不，王先生也不是公司職員」。

5. [N₁]は　[N₂]で、[N₃]は　[N₄]です。

　　例：陳さんは　公務員で、王さんは　会社員です。

　　　（陳先生是公務員，王小姐是公司職員。）

　　這個句子由「陳さんは　公務員です。」和「王さんは　会社員です。」合併成句。兩個不同的主題，不同的敘述內容的名詞句合併時，只需將第一句的「です」改成「で」，在文法上稱為中止形。若合併的兩句為同一主題時，則通常只保留前面的主題，後面的主題省略。

　　例：木村さんは　日本人です。
　　　　木村さんは　先生です。
　　　→木村さんは　日本人で、先生です。

　　　　（木村先生是日本人，且是位老師。）

人稱代名詞的用法

(1)「わたし」是第一人稱，相當於中文的「我」，男女皆可使用。

(2)「あなた」是第二人稱，相當於中文的「你」，但是稱呼對方時通常不直接稱「あなた」，而以姓氏或職稱來稱呼，例如本課會話部分的「田中さんは　日本人ですか」「陳さんも　大学院生ですか」。而且，「あなた」也不可對長輩使用。

(3)「～さん」相當於中文的「先生、小姐、同學等」。不管男女、已婚未婚均可使用。介紹自己姓名時，則不可加「さん」。

第 3 課　これは何^{なん}ですか

| 【単語】 | | | CD1-12 |

[0] これ		[代]	這、這個
[0] それ		[代]	那、那個
[0] あれ		[代]	那、那個
[1] どれ		[代]	哪個
[1] なん	何^{なん}	[代]	什麼
[1] だれ	誰^{だれ}	[代]	誰
[0] にほんご	日本語^{に ほん ご}	[名]	日文
[0] ちゅうごくご	中国語^{ちゅうごく ご}	[名]	中文
[0] えんぴつ	鉛筆^{えんぴつ}	[名]	鉛筆
[3] きょうかしょ	教科書^{きょう か しょ}	[名]	課本
[0] ざっし	雑誌^{ざっ し}	[名]	雜誌
[0] かばん		[名]	書包、皮包
[1] ノート		[名]	筆記本（英 note）
[1] ほん	本^{ほん}	[名]	書
[1] じしょ	辞書^{じ しょ}	[名]	辭典
[1] かさ	傘^{かさ}	[名]	傘
[1] ペン		[名]	筆（英 pen）

⓪ けしゴム	消しゴム	[名]	橡皮擦
			（ゴム：荷 gom）
⓪ しんぶん	新聞	[名]	報紙
⓪ てちょう	手帳	[名]	記事本
③ コンピュータ		[名]	電腦（英 computer）
① カメラ		[名]	照相機（英 camera）
⓪ くるま	車	[名]	汽車
② じてんしゃ	自転車	[名]	腳踏車
③ たいわん	台湾	[名]	臺灣
① かんこく	韓国	[名]	韓國
② にほん	日本	[名]	日本
① フィリピン		[名]	菲律賓
			（英 Philippine）
② マレーシア		[名]	馬來西亞
			（英 Malaysia）

ちょっといいですか	可以（借看）一下嗎？
そうですか	是這樣啊！
どうも　ありがとう	謝謝

【文型】

1. これ／それ／あれは　[N] です。

2. [N₁]は　[N₂]の　[N₃]です。

3. [N₁]の　[N₂]は　どれですか。

4. [N₁]は　[N₂]ですか、[N₃]ですか。

【用例】　CD1-13

1. これは　鉛筆です。

2. それは　教科書ですか。
   はい、これは　教科書です。

3. あれは　林さんの　かばんですか。
   いいえ、あれは　林さんのではありません。

4. これは　何ですか。
   それは　ノートです。

5. それは　何の　本ですか。
   これは　日本語の　本です。

6. あれは　誰の　辞書ですか。
   あれは　鈴木さんのです。

7. 陳さんの　傘は　どれですか。
   陳さんの　傘は　これです。

8. これは　李さんの　ペンですか、王さんの　ペンですか。
   それは　王さんの　ペンです。

【会話】 CD1-14

陳　：田中さん、それは　何ですか。

田中：これは コンピュータの　雑誌です。

陳　：日本語の　雑誌ですか、英語の　雑誌ですか。

田中：英語の　雑誌です。

陳　：ちょっといいですか。

田中：どうぞ。

陳　：これは　田中さんのですか。

田中：いいえ、先生のです。

陳　：そうですか。どうも　ありがとう。

田中：いいえ。

【練習問題】

1. 語句を入れ替えて練習しなさい。

⑴ これは　ペンです。

　①それ　　　　　　②あれ

⑵ あれは　日本語の　本です。
　①英語・雑誌　　②中国語・新聞　③韓国・車

⑶ 台湾の　コンピュータは　どれですか。
　①韓国　　　　　　②日本　　　　　　③フィリピン

⑷ それは、ペンですか、鉛筆ですか。
　①教科書・辞書　②ノート・手帳　③雑誌・本

2. 絵を見て答えなさい。

⑴ A：これは　新聞ですか。

　B：はい、（　　　　　）は新聞です。

⑵ A：それは　本ですか。

　B：いいえ、（　　　　　）は
　　　本ではありません。手帳です。

⑶ A：あれは　何ですか。

　B：（　　　　　）は　ノートです。

3. 次の文を完成させなさい。

(1) 李 ：これは　教科書ですか。

木村：はい、_____

いいえ、_____

(2) 李 ：あれは　木村さんの　自転車ですか。

木村：はい、_____

いいえ、_____

(3) 李 ：それは　車の　雑誌ですか。

木村：はい、_____

いいえ、_____

(4) 李 ：それは　マレーシアの　カメラですか。

木村：はい、_____

いいえ、_____

4. 次の文を完成させなさい。

(1) 李 ：それは　誰の　ノートですか。　（張さん）

木村：_____

(2) 李 ：これは　何の　教科書ですか。　（英語）

木村：_____

(3) 李 ：日本語の　辞書は　どれですか。　（あれ）

木村：_____

(4) 李 ：あれは　木村さんの　本ですか、鈴木さんの　本ですか。　（鈴木さん）

木村：_____

5.語句を並べ替えて、文を完成させなさい。

例：（林さん／それ／です／の／本／は）

→それは　林さんの　本です。

⑴　（ありません／の／これ／李さん／では／は／鉛筆）

→これは＿＿＿＿＿＿＿＿＿＿＿＿＿＿＿＿＿＿＿＿＿

⑵　（何／は／か／それ／の／です／辞書）

→＿＿＿＿＿＿＿＿＿＿＿＿＿＿＿＿＿＿＿＿＿＿＿＿＿

⑶　（の／誰／これ／は／か／消しゴム／です）

→＿＿＿＿＿＿＿＿＿＿＿＿＿＿＿＿＿＿＿＿＿＿＿＿＿

⑷　（コンピュータ／どれ／鈴木さん／の／ですか／は）

→＿＿＿＿＿＿＿＿＿＿＿＿＿＿＿＿＿＿＿＿＿＿＿＿＿

⑸　（本／ノート／あれ／ですか／ですか／は）

→＿＿＿＿＿＿＿＿＿＿＿＿＿＿＿＿＿＿＿＿＿＿＿＿＿

【文法説明】

1. これ／それ／あれは　[N]です。

　　例：これは　何_{なん}ですか。

　　　（這是什麼？）

　　　それは　ノートです。

　　　（那是筆記本。）

　　「これ」、「それ」、「あれ」、「どれ」為事物的指示代名詞。通常用「これ」問的話，就用「それ」來回答；用「それ」問的話，就用「これ」來回答；用「あれ」問的話，就用「あれ」來回答。

「これ」（這個；近稱）　指離說話者近的事物

「それ」（那個；中稱）　指離聽話者近的事物

「あれ」（那個；遠稱）　指離說話者和聽話者較遠的事物

「どれ」（哪個；不定稱）指不確定的事物，為疑問詞

---

2. [N₁]は　[N₂]の　[N₃]です。

　　例：これは　私_{わたし}の　自転車_{じ てんしゃ}です。

　　　（這個是我的腳踏車。）

　　名詞＋の＋名詞：「の」是助詞，表示所屬、所有的關係；或者內容的說明，相當於中文的「的」。

　　あれは　林_{りん}さんの　かばんですか。

　　（那是林小姐的包包嗎？）

　　いいえ、あれは　林_{りん}さんの　（かばん）ではありません。

　　（不，那不是林小姐的包包。）

　　表示所屬或所有的「の」之後的名詞，在避免重複不影響意思表達情況下，可以省略；這時「の」除了「的」之意，也包含後面的名詞之意。

3. [N₁]の [N₂]は　どれですか。

　　例：陳さんの　本は　どれですか。

　　　（陳同學的書是哪一本呢？）

　　　陳さんの　本は　これです。

　　　（陳同學的書是這本。）

　　疑問詞「どれ」是物品有三種以上時，問是「哪一個」時使用。

4. [N₁]は　[N₂]ですか、 [N₃]ですか。

　　例：Ａ：李さんは　先生ですか、大学院生ですか。

　　　　　（李小姐是老師呢？還是研究所學生呢？）

　　　　Ｂ：大学院生です。

　　　　　（是研究所學生。）

　　當一個句子出現兩個「ですか」時，句子稱為並列的選擇疑問句，相當於中文的「是 N₂ 呢？還是 N₃ 呢？」回答時選擇其一回答。

你知道嗎

常見事務文具用品說法

日本語	中国語	日本語	中国語
万年筆 (まんねんひつ)	鋼筆	のり	膠水
シャープペンシル	自動鉛筆	スティックのり	口紅膠
ボールペン	原子筆	修正液 (しゅうせいえき)	立可白、修正液
赤ペン (あか)	紅筆	修正テープ (しゅうせい)	修正帶
蛍光ペン (けいこう)	螢光筆	カッターナイフ	美工刀
マーカー	馬克筆、奇異筆	はさみ	剪刀
クレヨン	蠟筆	ホッチキス	訂書機
筆箱 (ふでばこ)	筆盒	クリップ	迴紋針
定規 (じょうぎ)	尺	ポストイット	便利貼
黒板 (こくばん)	黒板	ホワイトボード	白板

第４課　ここは教室です

【単語】			🔵 CD1-15

⓪ ここ		[代]	這裡
⓪ そこ		[代]	那裡
⓪ あそこ		[代]	那裡
① どこ		[代]	哪裡
⓪ こちら		[代]	這裡
⓪ そちら		[代]	那裡
⓪ あちら		[代]	那裡
① どちら		[代]	哪裡
⓪ きょうしつ	教室	[名]	教室
② じむしつ	事務室	[名]	辦公室
② としょかん	図書館	[名]	圖書館
③ おてあらい	お手洗い	[名]	洗手間、廁所
③ けんきゅうしつ	研究室	[名]	研究室
⓪ がっか	学科	[名]	系
⓪ がっこう	学校	[名]	學校
⓪ しょくどう	食堂	[名]	餐廳
③ ゆうびんきょく	郵便局	[名]	郵局

０	ぎんこう	銀行	[名]	銀行
０	かいだん	階段	[名]	樓梯
３	エレベーター		[名]	電梯（英 elevator）
０	かいしゃ	会社	[名]	公司
０	くに	国	[名]	國家
１	タイ		[名]	泰國（英 Thai）
０	ベトナム		[名]	越南（英 Vietnam）
４	インドネシア		[名]	印尼（英 Indonesia）
０	とうきょう	東京	[名]	東京
０	とけい	時計	[名]	手錶、鐘錶
１	めがね		[名]	眼鏡
３	コーヒー		[名]	咖啡（荷 koffie）

すみません		對不起、請問
なんですか	何ですか	有什麼事呢？
どういたしまして		不客氣

【文型】

1. ここ／そこ／あそこは　[N]です。
   こちら／そちら／あちらは　[N]です。

2. [N]は　ここ／そこ／あそこです。
   [N]は　こちら／そちら／あちらです。

3. [N]は　どこですか。
   [N]は　どちらですか。

【用例】　　　　　　　　　　　　　　🔘 CD1-16

1. ここは　教室（きょうしつ）です。

2. そこは　事務室（じむしつ）ですか。
   はい、（ここは）　事務室（じむしつ）です。
   いいえ、（ここは）　事務室（じむしつ）ではありません。

3. あそこは　何（なん）ですか。
   図書館（としょかん）です。

4. お手洗（てあら）いは　どこですか。
   あそこです。

5. 先生（せんせい）は　どちらですか。
   研究室（けんきゅうしつ）です。

6. お国（くに）は　どちらですか。
   台湾（たいわん）です。

7. それは　どこの　コンピュータですか。
   アメリカの　コンピュータです。

【会話一】　　　　　CD1-17

鈴木：すみません。

王　：はい、何ですか。

鈴木：日本語学科の　事務室は　どこですか。

王　：あそこです。

鈴木：どうも　ありがとう。

王　：いいえ、どういたしまして。

【会話二】　　　　　CD1-18

木村：李さん、お国は　どちらですか。

李　：韓国です。木村さんは。

木村：日本です。

李　：日本の　どちらですか。

木村：東京です。

【練習問題】

1. 絵を見て答えなさい。

(1) ここは　学校ですか。

　　はい、＿＿＿＿＿＿＿＿＿＿＿＿＿＿＿＿＿＿＿＿＿

(2) そこは　食堂ですか。

　　はい、＿＿＿＿＿＿＿＿＿＿＿＿＿＿＿＿＿＿＿＿＿

(3) そこは　銀行ですか。

　　いいえ、＿＿＿＿＿＿＿＿＿＿＿＿＿＿＿＿＿＿＿＿

(4) ここは　教室ですか。

　　いいえ、＿＿＿＿＿＿＿＿＿＿＿＿＿＿＿＿＿＿＿＿

(5) あそこは　何ですか。

　　＿＿＿＿＿＿＿＿＿＿＿＿＿＿＿＿＿＿＿＿＿＿＿＿＿

(6) あそこは　<ruby>何<rt>なん</rt></ruby>ですか。

_____

2. 絵を見て答えなさい。

<ruby>例<rt></rt></ruby>：<ruby>銀行<rt>ぎんこう</rt></ruby>は　どちらですか。→そちらです。

(1) <ruby>食堂<rt>しょくどう</rt></ruby>は　どちらですか。

　　→（　　　　　）です。

(2) <ruby>郵便局<rt>ゆうびんきょく</rt></ruby>は　どちらですか。

　　→（　　　　　）です。

(3) <ruby>図書館<rt>としょかん</rt></ruby>は　どちらですか。

　　→（　　　　　）です。

(4) <ruby>階段<rt>かいだん</rt></ruby>は　どちらですか。

　　→（　　　　　）です。

(5) エレベーターは　どちらですか。

　　→（　　　　　）です。

(6) <ruby>お手洗<rt>て あら</rt></ruby>いは　どちらですか。

　　→（　　　　　）です。

3. 例のように答えなさい。

例：（事務室・あちら）
　　A：事務室は　どちらですか。
　　B：あちらです。

⑴　（お手洗い・こちら）

　　A：_____

　　B：_____

⑵　（先生・教室）

　　A：_____

　　B：_____

⑶　（お国・タイ）

　　A：_____

　　B：_____

⑷　（会社・IBM）

　　A：_____

　　B：_____

⑸　（学校・東京大学）

　　A：_____

　　B：_____

4. 例のように答えなさい。

例：（車・韓国）

A：それは　どこの　車ですか。

B：韓国の　車です。

(1)　（時計・日本）

A：それは＿＿＿＿＿＿＿＿＿＿＿＿＿＿＿＿＿＿＿＿＿＿

B：＿＿＿＿＿＿＿＿＿＿＿＿＿＿＿＿＿＿＿＿＿＿＿＿＿

(2)　（コンピュータ・台湾）

A：それは＿＿＿＿＿＿＿＿＿＿＿＿＿＿＿＿＿＿＿＿＿＿

B：＿＿＿＿＿＿＿＿＿＿＿＿＿＿＿＿＿＿＿＿＿＿＿＿＿

(3)　（めがね・ベトナム）

A：それは＿＿＿＿＿＿＿＿＿＿＿＿＿＿＿＿＿＿＿＿＿＿

B：＿＿＿＿＿＿＿＿＿＿＿＿＿＿＿＿＿＿＿＿＿＿＿＿＿

(4)　（コーヒー・インドネシア）

A：それは＿＿＿＿＿＿＿＿＿＿＿＿＿＿＿＿＿＿＿＿＿＿

B：＿＿＿＿＿＿＿＿＿＿＿＿＿＿＿＿＿＿＿＿＿＿＿＿＿

【文法説明】

1. ここ／そこ／あそこ／どこ

　　「ここ」、「そこ」、「あそこ」、「どこ」為場所的指示代名詞。通常用「ここ」問的話，就用「そこ」來回答；用「そこ」問的話，就用「ここ」來回答；用「あそこ」問的話，就用「あそこ」來回答。

「ここ」 （這裡；近稱）	指說話者所在的場所
「そこ」 （那裡；中稱）	指聽話者所在的場所
「あそこ」（那裡；遠稱）	指離說話者和聽話者較遠的場所
「どこ」 （哪裡；不定稱）	指不確定的場所，為疑問詞

2. こちら／そちら／あそら／どちら

　　「こちら」、「そちら」、「あちら」、「どちら」為方向的指示代名詞。除了表方向外，也是表「ここ、そこ、あそこ、どこ」場所的客氣禮貌說法，用法和「ここ、そこ、あそこ、どこ」相同。

3. [N]は　どこですか。

　例：Ａ：お手洗いは　どこですか。

　　　　　（洗手間在哪裡呢？）

　　　Ｂ：あそこです。

　　　　　（洗手間在那裡。）

　　疑問詞「どこ」可以問人、事物、地點的所在。「Nは　どこですか。」中譯為「N在哪裡呢？」

4. [N]は　どちらですか。

A：先生は　どちらですか。（老師在哪兒？）
B：研究室です。（在研究室。）

A：お国は　どちらですか。（您的國家在哪兒？）
B：台湾です。（台灣。）

A：学校は　どちらですか。（你是哪所學校呢？）
B：東京大学です。（東京大學。）

A：会社は　どちらですか。（你是哪家公司呢？）
B：トヨタです。（豐田公司。）

　　疑問詞「どちら」可以問人、事物、地點的所在。另外，也可用來詢問國家、學校、公司團體等所屬地點的名稱。

こ、そ、あ、ど 指示代名詞

指示代名詞	こ（近稱）	そ（中稱）	あ（遠稱）	ど（不定稱）
事物	これ	それ	あれ	どれ
場所	ここ	そこ	あそこ	どこ
方向&場所（敬稱）	こちら	そちら	あちら	どちら
方向&場所（口語）	こっち	そっち	あっち	どっち

第 5 課　机の<ruby>上<rt>うえ</rt></ruby>に<ruby>本<rt>ほん</rt></ruby>があります

【単語】　　　　　　　　　　　　　　　🔘 CD1-19

⓪ うえ	<ruby>上<rt>うえ</rt></ruby>	[名]	上；上面
⓪ した	<ruby>下<rt>した</rt></ruby>	[名]	下；下面
① まえ	<ruby>前<rt>まえ</rt></ruby>	[名]	前面
⓪ うしろ	<ruby>後ろ<rt>うし</rt></ruby>	[名]	後面
② ちかく	<ruby>近く<rt>ちか</rt></ruby>	[名]	附近
⓪ となり	<ruby>隣<rt>となり</rt></ruby>	[名]	隔壁；鄰居
① なか	<ruby>中<rt>なか</rt></ruby>	[名]	裡面；內部
⓪ よこ	<ruby>横<rt>よこ</rt></ruby>	[名]	旁邊
⓪ ひだり	<ruby>左<rt>ひだり</rt></ruby>	[名]	左
⓪ みぎ	<ruby>右<rt>みぎ</rt></ruby>	[名]	右
② いぬ	<ruby>犬<rt>いぬ</rt></ruby>	[名]	狗
① ねこ	<ruby>猫<rt>ねこ</rt></ruby>	[名]	貓
⓪ ことり	<ruby>小鳥<rt>ことり</rt></ruby>	[名]	小鳥
⓪ キリン		[名]	長頸鹿
① さる	<ruby>猿<rt>さる</rt></ruby>	[名]	猴子
① ぞう	<ruby>象<rt>ぞう</rt></ruby>	[名]	大象
⓪ にわとり		[名]	雞

①	パンダ		[名]	熊貓（英 panda）
⓪	ライオン		[名]	獅子（英 lion）
②	おかし	お<ruby>菓<rt>か</rt></ruby><ruby>子<rt>し</rt></ruby>	[名]	糕點；點心
⓪	ぎゅうにゅう	<ruby>牛<rt>ぎゅう</rt></ruby><ruby>乳<rt>にゅう</rt></ruby>	[名]	牛奶
①	クッキー		[名]	餅乾；小西點 （英 cookie）
①	ジュース		[名]	果汁（英 juice）
①	バナナ		[名]	香蕉（葡 banana）
①	ケーキ		[名]	蛋糕（英 cake）
①	パン		[名]	麵包（葡 pan）
①	ビール		[名]	啤酒（英 beer）
⓪	てんいん	<ruby>店<rt>てん</rt></ruby><ruby>員<rt>いん</rt></ruby>	[名]	店員
⓪	はこ	<ruby>箱<rt>はこ</rt></ruby>	[名]	箱子
①	みかん		[名]	橘子
⓪	うち	<ruby>家<rt>うち</rt></ruby>	[名]	家
⓪	コンビニ		[名]	便利商店 （コンビニエンス・ストア之略 英 convenience store）
②	デパート		[名]	百貨公司 （デパートメントストア之略 英 department store）
④	どうぶつえん	<ruby>動<rt>どう</rt></ruby><ruby>物<rt>ぶつ</rt></ruby><ruby>園<rt>えん</rt></ruby>	[名]	動物園
⓪	にわ	<ruby>庭<rt>にわ</rt></ruby>	[名]	庭院

2	へや	部屋	[名]	房間
1	き	木	[名]	樹木
0	おさら	お皿	[名]	盤子
1	ホテル		[名]	（西式）旅館（英 hotel）
1	ほんや	本屋	[名]	書店
1	もん	門	[名]	門；大門
1	レストラン		[名]	餐廳（法 restaurant）
0	いっかい	一階	[名]	一樓
0	にかい	二階	[名]	二樓
3	れいぞうこ	冷蔵庫	[名]	冰箱
0	にんぎょう	人形	[名]	玩偶
0	ひと	人	[名]	人
2	スプーン		[名]	湯匙（英 spoon）
1	ナイフ		[名]	刀（英 knife）
1	フォーク		[名]	叉子（英 fork）
0	つくえ	机	[名]	桌子；書桌
0	テーブル		[名]	桌子；餐桌（英 table）
0	いす		[名]	椅子
0	ひきだし	引き出し	[名]	抽屜
0	ふうとう	封筒	[名]	信封；封套
1	シャツ		[名]	襯衫（英 shirt）

①	ベッド		[名]	床（英 bed）
④	くつした	靴下 <small>くつした</small>	[名]	襪子
③	たいなんえき	台南駅 <small>たいなんえき</small>	[名]	台南火車站
③	あります（ある）		[動Ⅰ]	有；在
②	います（いる）		[動Ⅱ]	有；在

【文型】

1. [N₁]に　[N₂]が　あります。

2. [N₁]に　[N₂]が　います。

3. [N₁]は　[N₂]に　あります。

4. [N₁]は　[N₂]に　います。

5. [N₁]と　[N₂]

6. [N₁]や　[N₂]や　[N₃]など

7. [N]に　何か<small>なに</small>／誰か<small>だれ</small>　ありますか／いますか。

【用例】　　　CD1-20

1. 机の<small>つくえ</small>　上に<small>うえ</small>　何が<small>なに</small>　ありますか。
   机の<small>つくえ</small>　上に<small>うえ</small>　雑誌が<small>ざっし</small>　あります。

2. 教室に<small>きょうしつ</small>　誰が<small>だれ</small>　いますか。
   教室に<small>きょうしつ</small>　学生が<small>がくせい</small>　います。

3. 木の　上に　何が　いますか。
　　木の　上に　小鳥が　います。

4. ジュースは　どこに　ありますか。
　　ジュースは　冷蔵庫の　中に　あります。

5. 王さんは　どこに　いますか。
　　王さんは　二階に　います。

6. テーブルの　上に　何が　ありますか。
　　テーブルの　上に　コーヒーと　クッキーが　あります。

7. 引き出しの　中に　何が　ありますか。
　　封筒や　鉛筆や　消しゴムなどが　あります。

8. 冷蔵庫の　中に　何か　ありますか。
　　―いいえ、何も　ありません。
　　―はい、あります。
　　何が　ありますか。
　　ジュースや　ビールなどが　あります。

9. 教室に　誰か　いますか。
　　―いいえ、誰も　いません。
　　―はい、います。先生と　学生が　います。

10.部屋に　何か　いますか。
　　―いいえ、何も　いません。
　　―はい、います。猫が　います。

【会話】　　　　　　　　　　　　　　　　CD1-21

（本屋_{ほんや}で）

陳_{ちん}　：すみません。ここに　英語_{えいご}の　本_{ほん}が　ありますか。

店員_{てんいん}：はい、ありますよ。

陳_{ちん}　：日本語_{にほんご}の　本_{ほん}や　雑誌_{ざっし}なども　ありますか。

店員_{てんいん}：はい、あります。

陳_{ちん}　：どこに　ありますか。

店員_{てんいん}：雑誌_{ざっし}は　一階_{いっかい}に　あります。

　　　　あそこに　店員_{てんいん}が　いますね。

　　　　店員_{てんいん}の　後_{うし}ろに　あります。

陳_{ちん}　：そうですか。　英語_{えいご}の　本_{ほん}と

　　　　日本語_{にほんご}の　本_{ほん}は　どこにあり

　　　　ますか。

店員_{てんいん}：二階_{にかい}に　あります。

陳_{ちん}　：そうですか。ありがとうござい

　　　　ました。

【練習問題】

1. 語句を入れ替えて練習しなさい。

(1) A：箱_{はこ}の　中_{なか}に　何_{なに}が　ありますか。

　　 B：箱_{はこ}の　中_{なか}に　雑誌_{ざっし}が　あります。

　　①バナナ　　　　　②みかん　　　　　③人形_{にんぎょう}　　　　　④本_{ほん}

(2) A：教室の　中に　誰が　いますか。

　　 B：教室の　中に　<u>先生</u>が　います。

　　 ①学生　　　　　　②田中さん　　　　③鈴木さん　　　　④張さん

(3) A：動物園の　中に　何が　いますか。

　　 B：動物園の　中に　<u>ライオン</u>が　います。

　　 ①パンダ　　　　　②象　　　　　　　③猿　　　　　　　④キリン

2. 例のように書きなさい。

例：庭・木　→庭に　木が　あります。

　　 教室・学生　→教室に　学生が　います。

　　 動物園・象　→動物園に　象が　います。

(1) 部屋・テレビ　　　　　　　→＿＿＿＿＿＿＿＿＿＿＿＿＿＿＿＿＿

(2) 冷蔵庫の　中・ビール　　　→＿＿＿＿＿＿＿＿＿＿＿＿＿＿＿＿＿

(3) 図書館・学生　　　　　　　→＿＿＿＿＿＿＿＿＿＿＿＿＿＿＿＿＿

(4) 鈴木さんの　右・田中さん　→＿＿＿＿＿＿＿＿＿＿＿＿＿＿＿＿＿

(5) 公園・犬　　　　　　　　　→＿＿＿＿＿＿＿＿＿＿＿＿＿＿＿＿＿

(6) 木の　上・小鳥　　　　　　→＿＿＿＿＿＿＿＿＿＿＿＿＿＿＿＿＿

3. 例のように書きなさい。

例１：郵便局は　どこに　ありますか。（銀行の　隣）

　　　 →郵便局は　銀行の　隣に　あります。

例２：学生は　どこに　いますか。（教室）
　　→学生は　教室に　います。

例３：猫は　どこに　いますか。（部屋）
　　→猫は　部屋に　います。

⑴ レストランは　どこに　ありますか。（ホテルの　中）
　→＿＿＿＿＿＿＿＿＿＿＿＿＿＿＿＿＿＿＿＿＿＿＿＿

⑵ デパートは　どこに　ありますか。（駅の　前）
　→＿＿＿＿＿＿＿＿＿＿＿＿＿＿＿＿＿＿＿＿＿＿＿＿

⑶ 先生は　どこに　いますか。（事務室）
　→＿＿＿＿＿＿＿＿＿＿＿＿＿＿＿＿＿＿＿＿＿＿＿＿

⑷ 田中さんは　どこに　いますか。（図書館）
　→＿＿＿＿＿＿＿＿＿＿＿＿＿＿＿＿＿＿＿＿＿＿＿＿

⑸ キリンは　どこに　いますか。（動物園）
　→＿＿＿＿＿＿＿＿＿＿＿＿＿＿＿＿＿＿＿＿＿＿＿＿

⑹ 小鳥は　どこに　いますか（木の　上）
　→＿＿＿＿＿＿＿＿＿＿＿＿＿＿＿＿＿＿＿＿＿＿＿＿

4. 例のように書きなさい。

例１：テーブルの　上に　何が　ありますか。（コーヒー・ケーキ）
　　→テーブルの　上に　コーヒーと　ケーキが　あります。

例２：教室に　誰が　いますか。（先生・学生）
　　→教室に　先生と　学生が　います。

例 3：部屋に　何が　いますか。（猫・犬）
　　　→部屋に　猫と　犬が　います。

(1) 引き出しの　中に　何が　ありますか。（教科書・ノート）

　　→_____

(2) ベッドの　上に　何が　ありますか。（シャツ・靴下）

　　→_____

(3) 車の　中に　誰が　いますか。（王さん・張さん）

　　→_____

(4) 教室に　誰が　いますか。（先生・学生）

　　→_____

(5) 庭に　何が　いますか。（にわとり・小鳥）

　　→_____

(6) いすの　上に　何が　いますか。（犬・猫）

　　→_____

5. 例のように書きなさい。

例 1：机の　上に　何が　ありますか。（本・ノート・雑誌…）
　　　→机の　上に　本や　ノートや　雑誌などが　あります。

例 2：教室に　誰が　いますか。（林さん・張さん・王さん…）
　　　→教室に　林さんや　張さんや　王さんなどが　います。

例 3：庭に　何が　いますか。（犬・猫・にわとり…）
　　　→庭に　犬や　猫や　にわとりなどが　います。

(1) 机の 上に 何が ありますか。（鉛筆・本・ノート…）

→ _____

(2) コンビニに 何が ありますか。（牛乳・パン・お菓子…）

→ _____

(3) 事務室に 誰が いますか。（先生・李さん・王さん…）

→ _____

(4) 教室に 誰が いますか。（王さん・張さん・林さん…）

→ _____

(5) 先生の 家に 何が いますか。（小鳥・犬・猫…）

→ _____

(6) 動物園に 何が いますか。（キリン・ライオン・象…）

→ _____

6. 例のように 書きなさい。

例1：箱の 中に 何か ありますか。

→はい、あります。りんごが あります。（はい）（りんご）

→いいえ、何も ありません。　　　　　（いいえ）

例2：陳さんの 左に 誰か いますか。

→はい、います。李さんが います。（はい）（李さん）

→いいえ、誰も いません。　　　　（いいえ）

(1) お皿の 横に 何か ありますか。

→_____ （はい）（ナイフ）

→_____ （いいえ）

(2) 門の　前に　何か　いますか。

　　→ _____　（はい）（犬）

　　→ _____　（いいえ）

(3) 事務室に　誰か　いますか。

　　→ _____　（はい）（先生）

　　→ _____　（いいえ）

7. 次の質問に答えなさい。

(1) あなたは　どこに　いますか。

　　→ _____

(2) あなたの　右に　誰か　いますか。

　　→ _____

(3) かばんの　中に　何が　ありますか。

　　→ _____

(4) 教科書は　どこに　ありますか。

　　→ _____

(5) 台南駅の　近くに　何が　ありますか。

　　→ _____

【文法説明】

1. [N₁]に　[N₂]が　あります。

例：机の　上に　雑誌が　あります。

（桌子上面有雜誌。）

「[N₁]に　[N₂]が　あります。」這種句子叫「存在句」，是用來敘述什麼地方有什麼東西。句中的動詞「あります」，中文譯成「有」，用於描述無生命的東西、事物、植物的存在。其中出現的助詞「に」表示存在場所；助詞「が」表動作・存在・狀態的主體，中文沒有相對的字眼。疑問句的疑問詞用「何」（什麼東西）來問。

例：かばんの　中に　何が　ありますか。（包包裡面有什麼？）

此外，欲表示「在……裡面」時，「に」的前面如為一般名詞（如：机、かばん、本……）則必須加上方位詞「中」（裡面），如為場所名詞（如：教室、事務室、図書館……）則可加可不加。

（×）かばんに　本が　あります。→かばんの　中に　本が　あります。

教室に　学生が　います。↔教室の　中に　学生が　います。

2. [N₁]に　[N₂]が　います。

例：教室に　学生が　います。

（教室裡有學生。）

木の　上に　小鳥が　います。

（樹上有小鳥。）

「[N₁]に　[N₂]が　います。」和前面1的句子一樣，叫「存在句」，是用來敘述什麼地方有什麼人或動物（昆蟲）。句中的動詞「います」，中文譯成「有」，用於描述有生命的人或動物（昆蟲）的存在。助詞「に」表示存在場所；

助詞「が」表動作・存在・狀態的主體，中文沒有相對的字眼。疑問句的疑問詞
分別用「誰」（什麼人）、「何」（什麼動物（昆蟲））來問。

　　例：教室に　誰が　いますか。（教室裡有誰？）

　　　　木の　上に　何が　いますか。（樹上有什麼（動物）？）

3. [N₁]は　[N₂]に　あります／います。

　　例：ケーキは　冷蔵庫の　中に　あります。

　　　（蛋糕在冰箱裡面。）

　　　　陳さんは　図書館に　います。

　　　（陳同學在圖書館。）

　　　　小鳥は　木の　上に　います。

　　　（小鳥在樹上。）

　　　如果說話者是要就他已經知道的特定人、動物、事物說明其位置所在，就不
能採用句型 1 和 2 的「存在句」，必須採用「所在句」。「～は」前面的人、動
物、事物是談話的主題，必須用「は」來表示。句中的「あります／います」，
中文譯成「在」。

4. [N₁]と　[N₂]

　　例：かばんの　中に　本と　財布が　あります。

　　　（包包裡面有書和錢包。）

　　　「と」的意思相當於中文的「和」，以「名詞＋と＋名詞」的方式連接具相
同性質或內容之人、事、物。

　　例：（○）うちに　猫と　犬が　います。

　　　　　（家裡有貓和狗。）

（×）うちに　ねこと　財布が　います／あります。

　　　（家裡有貓和錢包。）

5. [N₁]や　[N₂]や　[N₃]など

　　例：冷蔵庫の　中に　ジュースや　ケーキなどが　あります。

　　　（冰箱裡有果汁啦、蛋糕等等東西。）

　　　動物園に　象や　キリンや　ライオンなどが　います。

　　　（動物園裡有大象啦、長頸鹿啦、或獅子等動物。）

　　助詞「や」接在名詞之後表示多樣事物中舉例其中的二到三項；「など」也是接在名詞後面相當於中文的〔等等；之類〕，表示尚有其他的人、動物、東西。通常都是以「や～や～などがあります／います」的句型出現，其中「など」可以省略，意思不變。

　　例：引き出しの　中に　鉛筆や　ノートや　紙が　あります。

　　　（抽屜裡有鉛筆啦、筆記本啦、紙等東西。）

6. [N]（場所）に　何か　ありますか。

　　[N]（場所）に　誰か　います。

　　例：机の　上に　何か　ありますか。

　　　（桌子上是否有東西？）

　　　椅子の　下に　何か　いますか。

　　　（椅子下是否有動物？）

　　　部屋の　中に　誰か　いますか。

　　　（房間裡是否有人？）

　　「か」表不確定。當問話者不知道是否有東西、動物（昆蟲）或人存在時的提問方式。回答時應先回答「はい」（有）、或「いいえ」（沒有）。

はい、あります／います。（有）

いいえ、<ruby>何<rt>なに</rt></ruby>もありません／<ruby>何<rt>なに</rt></ruby>もいません／<ruby>誰<rt>だれ</rt></ruby>もいません。

（沒有，什麼東西都沒有。／什麼動物都沒有。／沒有人。）

然後可接著問：

<u><ruby>何<rt>なに</rt></ruby>が</u>　ありますか。（有什麼東西？）

<u><ruby>何<rt>なに</rt></ruby>が</u>　いますか。　（有什麼動物、昆蟲？）

<u><ruby>誰<rt>だれ</rt></ruby>が</u>　いますか。　（有誰？）

怎麼說？

黒面琵鷺（クロツラヘラサギ）

黑面琵鷺繁殖於亞洲東部，也就是中國大陸東北部至華北、華東部及朝鮮。每年冬季則南遷到較溫暖的東南亞，如：菲律賓、越南、海南島和台灣等地避寒。

在台灣十月中旬首批到達，至隔年四、五月還可以見到；曾出現於關渡、宜蘭、大肚溪口，以及曾文溪口（台南縣）等地，在曾文溪口平時約有 160 隻棲息於此，在 2000 年的調查中還曾經多達 488 隻，約佔全世界估計量的三分之二，應是全世界已知的最大族群。

（資料參考自「台灣鄉土鳥類網站」）

Note

第6課　このりんごはいくらですか

【単語】　　　　　　　　　　　　　　🔷 CD1-22

⓪	この		[連體]	這個
⓪	その		[連體]	那個
⓪	あの		[連體]	那個
①	どの		[連體]	哪個
②	みせ	店	[名]	店；商店
①	ビル		[名]	大樓；大廈（ビルディング之略；英 building）
②	かた	方	[名]	位；人的敬稱
①	どなた		[名]	哪位
④	クラスメート		[名]	同班同學（英 classmate）
⓪	こども	子供	[名]	孩子；兒童
⓪	でんわ	電話	[名]	電話
⑤	けいたいでんわ	携帯電話	[名]	手機
①	テープ		[名]	錄音帶（英 tape）

①	テレビ		[名]	電視機（テレビジョン之略；英 television）
①	ビデオ		[名]	錄影帶；影像（英 video）
⓪	パソコン		[名]	個人電腦（パーソナルコンピュータ之略；英 personal computer）
④	ノートパソコン		[名]	筆記型電腦
②	かみ	紙	[名]	紙；紙張
③	きって	切手	[名]	郵票
⓪	しゃしん	写真	[名]	相片
⓪	りんご		[名]	蘋果
②	なし	梨	[名]	梨子
②	オレンジ		[名]	柳丁；柳橙（英 orange）
①	メロン		[名]	哈密瓜；香瓜（英 melon）
⓪	おちゃ	お茶	[名]	茶
①	ワイン		[名]	紅酒（英 wine）
①	いくつ		[名]	多少；幾歲
②	ひとり	一人	[名]	一個人；一位

③ ふたり	二人	[名]	兩個人；兩位
① なんにん	何人	[名]	幾個人；幾位
① いくら		[名]	多少錢
① えん	～円	[接尾]	日圓

いらっしゃいませ　　　　　　　　　歓迎光臨

【文型】

1. この／その／あの　[N₁]は　[N₂]です。

2. どの　[N₁]が　[N₂]のですか。

3. [N]は　いくらですか。

4. [N]を　[数詞] ください。

5. [N₁]（場所）に　[N₂]が　[数詞] あります／います。

6. [N]しか　ありません／いません。

【用例】　　🖸 CD1-23

1. この　方は　田中先生です。

2. あの　方は　どなたですか。
   あの　方は　日本語の　先生です。

3. この　携帯電話は　私のです。

4. どの　自転車が　あなたのですか。
   あの　自転車が　私のです。

5. この　ケーキは　いくらですか。
   その　ケーキは　一つ　八百円です。

6. この　カメラを　ください。

7. この　ワインを　二本　ください。

8. メロンを　三つと　オレンジを　五つ　ください。

9. りんごは　いくつですか。

　　　　（いくつありますか。）

10. かばんの　中_{なか}に　本_{ほん}が　何冊_{なんさつ}　ありますか。

　　三冊_{さんさつ}　あります。

11. 教室_{きょうしつ}に　学生_{がくせい}が　何人_{なんにん}　いますか。

　　男_{おとこ}の　学生_{がくせい}が　十人_{じゅうにん}と　女_{おんな}の　学生_{がくせい}が　五人_{ごにん}　います。

12. お店_{みせ}に　お客_{きゃく}さんが　何人_{なんにん}　いますか。

　　一人_{ひとり}しか　いません。

【数字】

零	れい（ゼロ）	十	じゅう	二十	にじゅう
一	いち	十一	じゅういち	二十一	にじゅういち
二	に	十二	じゅうに	二十二	にじゅうに
三	さん	十三	じゅうさん	三十三	さんじゅうさん
四	よん（し）	十四	じゅうよん	四十四	よんじゅうよん
五	ご	十五	じゅうご	五十五	ごじゅうご
六	ろく	十六	じゅうろく	六十六	ろくじゅうろく
七	なな（しち）	十七	じゅうなな	七十七	ななじゅうなな
八	はち	十八	じゅうはち	八十八	はちじゅうはち
九	きゅう（く）	十九	じゅうきゅう	九十九	きゅうじゅうきゅう

百	ひゃく	千	せん	一万	いちまん
二百	にひゃく	二千	にせん	十万	じゅうまん
三百	さんびゃく	三千	さんぜん	百万	ひゃくまん
四百	よんひゃく	四千	よんせん	一千万	いっせんまん
五百	ごひゃく	五千	ごせん	一億	いちおく
六百	ろっぴゃく	六千	ろくせん		
七百	ななひゃく	七千	ななせん		
八百	はっぴゃく	八千	はっせん		
九百	きゅうひゃく	九千	きゅうせん		

【物の数え方】

	～個	～つ	～人	～匹	～本	～冊
1	いっこ	ひとつ	ひとり	いっぴき	いっぽん	いっさつ
2	にこ	ふたつ	ふたり	にひき	にほん	にさつ
3	さんこ	みっつ	さんにん	さんびき	さんぼん	さんさつ
4	よんこ	よっつ	よにん	よんひき	よんほん	よんさつ
5	ごこ	いつつ	ごにん	ごひき	ごほん	ごさつ
6	ろっこ	むっつ	ろくにん	ろっぴき	ろっぽん	ろくさつ
7	ななこ	ななつ	ななにん しちにん	ななひき	ななほん	ななさつ
8	はっこ	やっつ	はちにん	はっぴき	はっぽん	はっさつ
9	きゅうこ	ここのつ	きゅうにん	きゅうひき	きゅうほん	きゅうさつ
10	じゅっこ じっこ	とお	じゅうにん	じゅっぴき じっぴき	じゅっぽん じっぽん	じゅっさつ じっさつ
?	なんこ	いくつ	なんにん	なんびき	なんぼん	なんさつ

	～台	～階	～杯	～足	～枚
1	いちだい	いっかい	いっぱい	いっそく	いちまい
2	にだい	にかい	にはい	にそく	にまい
3	さんだい	さんがい	さんばい	さんぞく	さんまい
4	よんだい	よんかい	よんはい	よんそく	よんまい
5	ごだい	ごかい	ごはい	ごそく	ごまい
6	ろくだい	ろっかい	ろっぱい	ろくそく	ろくまい
7	ななだい	ななかい	ななはい	ななそく	ななまい
8	はちだい	はっかい	はっぱい	はっそく	はちまい
9	きゅうだい	きゅうかい	きゅうはい	きゅうそく	きゅうまい
10	じゅうだい	じゅっかい じっかい	じゅっぱい じっぱい	じゅっそく じっそく	じゅうまい
？	なんだい	なんがい	なんばい	なんぞく	なんまい

【会話】　　　　　　　　　　　🅒 CD1-24

（お店で）

田中：すみません。

店員：いらっしゃいませ。

田中：あの　パイナップルは　いくらですか。

店員：あの　パイナップルは　一つ　六百円です。

田中：じゃ、その　パイナップルは　いくらですか。

店員：こちらのですか。

田中：いいえ、その　隣のです。

店員：こちらは　一つ　八百円です。台湾のです。

田中：じゃ、八百円の　パイナップルを　二つ　ください。

店員：二つですね。千六百円です。

　　　ありがとうございました。

【練習問題】

1. 語句を入れ替えて練習しなさい。

(1) この　かばんは　私のです。
　　①本・伊藤さん　　　　　　②自転車・あの　人
　　③テープ・留学生の　李さん　　④テレビ・英語の　先生

(2) どの　ノートが　陳さんのですか。
　　① 教科書　　　②傘　　　　　③ケーキ　　　　④車

(3) これは　一つ　いくらですか。
　　①一枚　　　　②一冊　　　　③一本　　　　④一台

(4) この かばんを　一つ　ください。
　　①切手・ 一枚　　　　　　②雑誌・ 一冊
　　③傘・ 一本　　　　　　　④ノートパソコン・ 一台

(5) ここに　りんごが　一つ　あります。
　　①紙・一枚・あります　　　②車・一台・あります
　　③ビール・十本・あります　④お茶・三杯・あります
　　⑤猫・一匹・います　　　　⑥子供・一人・います

2. 例のように言いなさい。

　例：それ　私　バイク
　　　→それは　私の　バイクです。
　　　→その　バイクは　私のです。

(1) これ 伊藤さん 教科書
い とう きょう か しょ

→ _____

→ _____

(2) それ 学校 コンピュータ
がっこう

→ _____

→ _____

(3) あれ 私 車
わたし くるま

→ _____

→ _____

(4) どれ 田中さん ビデオ
た なか

→ _____

→ _____

3. ▢ **から選んで、例のように書きなさい。**

例：教室に 学生が （ 何人 ） いますか。 (20)
きょうしつ がくせい なんにん

→二十人 います。
に じゅうにん

┌─────────────────────────────┐
│ 何枚　　何冊　　何人　　何本 │
│ なんまい なんさつ なんにん なんぼん │
└─────────────────────────────┘

(1) ここに シャツが （　　　　） ありますか。(5)

→ _____

(2) デパートに お客さんが （　　　　） いますか。(2)
きゃく

→ _____

(3) 机の上 に 本が　（　　　　）　ありますか。(1)

→_____

(4) 冷蔵庫の　中に　ビールが　（　　　　）　ありますか。(4)

→_____

(5) 机の　上に　写真が　（　　　　）　ありますか。(7)

→_____

(6) あそこに　鉛筆が　（　　　　）　ありますか。(3)

→_____

4. 例のように書きなさい。

例：かばんの　中・（鉛筆：3、ノート：2）・あります

　　→かばんの　中に　鉛筆が　三本と　ノートが二冊　あります。

(1) 机の　上・（紙：4、雑誌：2）・あります。

→_____

(2) この　ビル・（男の人：3、女の人：7）・います。

→_____

(3) 冷蔵庫の　中・（ジュース：2、オレンジ：4）・あります。

→_____

(4) あそこ・（ビデオ：1、テープ：8）・あります。

→_____

(5) 教室・（先生：2、学生：30）・います。

→_____

【文法説明】

1. この／その／あの [N₁]は　[N₂]です。

　　例：この　人は　林さんです。
　　　　 ひと　　　　りん

　　　　（這個人是林小姐。）

　　「この」、「その」、「あの」是連體詞，後面必須接名詞，為指定用法，中文譯為「這；這個」。「この人」這個人（靠近說話者處）；「その人」那個人（靠近聽話者處）；「あの人」那個人、他（距說話者、聽話者較遠處）。

　　「方」為「人」的尊敬說法，中文譯為「位」。故在疑問詞「誰」的使用上，要注意兩者配套寫法：

　　あの　人は　誰ですか。（那個人是誰？）
　　　　 ひと　 だれ

　　あの　方は　どなたですか。（那一位是哪位？）
　　　　 かた

2. どの　[N₁]が　[N₂]のですか。

　　例：どの　辞書が　あなたのですか。
　　　　　　 じしょ

　　　　（哪一本字典是你的？）

　　「どの」是連體詞，後面接名詞，為「この」、「その」、「あの」的不定稱，中文譯為「哪；哪個」，在日文中疑問詞當主詞時，助詞要使用「が」，回答時也要用「が」。

　　（×）どの　バイクは　あなたのですか。

　　（○）どの　バイクが　あなたのですか。（哪輛摩托車是你的？）

　　　　　その　バイクが　わたしのです。（那輛摩托車是我的。）

3. [N]は　いくらですか。

例：この　梨^{なし}は　いくらですか。

（這個梨子多少錢？）

「いくら」中文譯成「多少錢？」，日文的錢幣單位為「円^{えん}」，需要注意的是一百円及一千円的「一」不標示出來：

（×）一百円　→　百円^{ひゃくえん}

（×）一千円　→　千円^{せんえん}

但是一千萬円時則作「一千万円^{いっせんまんえん}」。另外「百^{ひゃく}」的發音要特別留意。

4. [N]を　[数詞]　ください。

例：ビールを　ください。

（請給我啤酒。）

ビールを　三本^{さんぼん}　ください。

（請給我三罐啤酒。）

「ください」有「請給我…」、「我要買…」之意，用助詞「を」來提示其前面的名詞，為「請給」或「要買」的內容。

若要加數量詞時，須放在「を」的後面，「ください」的前面，但必須要注意數量詞的單位。

カメラを　二台^{にだい}　ください。（我要買兩台相機。）

フィルムを　三本^{さんぼん}　ください。（我要買三捲底片。）

另可將上述兩個例句合併為以下的說法：

カメラを　二台^{にだい}と　フィルムを　三本^{さんぼん}　ください。

（我要買兩台相機和三捲底片。）

5. [N]が　[数詞] あります／います。

　　例：本_{ほん}が　二冊_{にさつ}　あります。

　　　　（有兩本書。）

　　　　子供_{こども}が　三人_{さんにん}　います。

　　　　（有三個小孩。）

　　　　机_{つくえ}の　上_{うえ}に　本_{ほん}が　五冊_{ごさつ}と　紙_{かみ}が　八枚_{はちまい}　あります。

　　　　（桌上有五本書和八張紙。）

　　数量詞直接放在動詞前面。

6. [N]しか　ありません／いません。

　　例：一人_{ひとり}しか　いません。

　　　　（只有一個人。）

　「しか」後接否定，外觀上看似否定，但實為肯定，中文翻譯成「只～」：

　梨_{なし}が　一_{ひと}つしか　ありません。（只有一個梨子。）

　犬_{いぬ}が　一匹_{いっぴき}しか　いません。（只有一隻狗。）

小 常 識

有關手機的用語

手機的日文全稱為「携帯電話」。但是一般都簡稱為「ケータイ」。

手機吊飾　→　携帯ストラップ

簡訊　　　→　ショート・メール

來電答鈴　→　着メロ

來電靜鈴　→　マナーモード

Note

第 7 課　日本語の勉強はどうですか

【単語】			CD2-01
⓪ きこう	気候	[名]	氣候
② まち	町	[名]	城鎮、街道
① てんき	天気	[名]	天氣
① きょう	今日	[名]	今日、今天
③ あした	明日	[名]	明天
① ごご	午後	[名]	下午、午後
③ せっかんろう	赤崁樓	[名]	赤崁樓
⓪ ところ	所	[名]	場所、地方
② すし	寿司	[名]	壽司
② すしや	寿司屋	[名]	壽司店
⓪ あじ	味	[名]	味道
① じゅぎょう	授業	[名]	上課、授課
① えいが	映画	[名]	電影
② アパート		[名]	公寓 （アパートメント・ ハウス之略；英 apartment house）

1	ふじさん	富士山	[名]	富士山
1	りょうり	料理	[名]	料理、做菜
3	たべもの	食べ物	[名]	食物
1	はる	春	[名]	春天
2	なつ	夏	[名]	夏天
1	あき	秋	[名]	秋天
2	ふゆ	冬	[名]	冬天
4	おもしろい	面白い	[イ形]	有趣的
2	ふるい	古い	[イ形]	舊的、老的
1	いい		[イ形]	好、好的
2	たかい	高い	[イ形]	高的、貴的
4	いそがしい	忙しい	[イ形]	忙的、忙碌的
0	おいしい		[イ形]	好吃、好喝
3	おおきい	大きい	[イ形]	大的
3	ちいさい	小さい	[イ形]	小的
2	やすい	安い	[イ形]	便宜的
4	あたらしい	新しい	[イ形]	新的
3	きたない	汚い	[イ形]	骯髒的
2	あつい	暑い	[イ形]	炎熱的
2	さむい	寒い	[イ形]	寒冷的
2	ひくい	低い	[イ形]	矮的、低的
4	むずかしい	難しい	[イ形]	困難的

①	べんり（な）	便利（な）	[ナ形]	便利的
⓪	ゆうめい（な）	有名（な）	[ナ形]	有名的
⓪	ひま（な）	暇（な）	[ナ形]	空閒的
①	きれい（な）		[ナ形]	漂亮的、乾淨的
①	しずか（な）	静か（な）	[ナ形]	安靜的
②	にぎやか（な）		[ナ形]	熱鬧的
⓪	とても		[副]	非常、很～
⓪	あまり		[副]	不太～
①	どんな		[連體]	什麼樣的
⓪	やまだ	山田	[姓]	山田

| ～をあんないします | ～を案内します | 帶你去參觀～ |
| どうですか | | 如何呢？ |

【文 型】

1. [N]は　[A い]です。

2. [N]は　[Na]です。

3. [N]は　A くありません。（A くないです。）

4. [N]は　[Na]ではありません。

　　　　　　（じゃ）

5. [N]は　[A い　N₂]／[Na な　N₂]です。

6. [N₁]は　どんな　[N₂]ですか。

7. [N]は　[A い]／[Na]ですが、[A い]／[Na]です。

【用 例】　　　　　　　　　　　　CD2-02

1. 陳さん、日本語は　面白いですか。

　　―はい、面白いです。

　　―いいえ、面白くありません。

　　　　　（面白くないです。）

2. 学校の　近くは　便利ですか。

　　―はい、とても　便利です。

　　―いいえ、あまり　便利ではありません。

　　　　　　　　　　（じゃ）

3. 台南の　気候は　どうですか。

　　台南の　気候は　とても　暑いです。

4. 台南は　どんな　町ですか。

　　台南は　古い　町です。

5. そこは　どんな　レストランですか。

　　そこは　有名ですが、とても　高いです。

【会話】　　　　　　　　　　　　　　　　　　　CD2-03

山田：おはようございます。いい　天気ですね。

李　：ええ。山田さん、明日の　午後、忙しいですか。

山田：いいえ、暇ですよ。

李　：そうですか。じゃ、明日、台南を　案内しますよ。

山田：ありがとうございます。台南には　何が　ありますか。

李　：台南には　赤崁樓が　あります。

山田：そこは　どんな　所ですか。

李　：とても　きれいな　所です。近くに　有名な　寿司屋も　あります。

山田：味は　どうですか。

李　：とても　おいしいですよ。

【練習問題】

1. 反対の意味の形容詞を（　　　　）に記入しなさい。

例：おおきい　⇔　（　ちいさい　）

（　　　　　　　）　⇔　やすい　　　（　　　　　　　）　⇔　ひま

（　　　　　　　）　⇔　しずか　　　（　　　　　　　）　⇔　きれい

（　　　　　　　）　⇔　ふるい　　　（　　　　　　　）　⇔　あつい

2. 例を見て、文を作りなさい。

例１：この　映画（えいが）・面白い（おもしろ）

→この　映画（えいが）は　おもしろいですか。

→いいえ、この　映画（えいが）は　あまり　面白（おもしろ）くありません。

例２：アパートの　近く（ちか）・便利（べんり）

→アパートの　近く（ちか）は　便利（べんり）ですか。

→いいえ、アパートの　近く（ちか）は　あまり　便利（べんり）ではありません。

(1) この　店（みせ）の　料理（りょうり）・おいしい

→ _____

→ _____

(2) 富士山（ふじさん）・低い（ひく）

→ _____

→ _____

(3) あの　教室（きょうしつ）・静か（しず）

→ _____

→ _____

(4) その　寿司屋・有名

→ _____

→ _____

3. 例を見て、文を作りなさい。

例1：この　教室・汚い

→この　教室は　どうですか。

→この　教室は　汚いです。

例2：この　町・にぎやか

→この　町は　どうですか。

→この　町は　にぎやかです。

(1) 学校の　食堂の　料理・安い

→ _____

→ _____

(2) この　レストランの　料理・有名

→ _____

→ _____

(3) 台湾の　夏・暑い

→ _____

→ _____

(4) 日本の　冬・寒い

→ _____

→ _____

4. 例を見て、文を作りなさい。

例1：台南・町（古い）
　　　→台南は　どんな　町ですか。
　　　→台南は　古い　町です。

例2：日本・国（きれい）
　　　→日本は　どんな　国ですか。
　　　→日本は　きれいな　国です。

(1) 日本語・授業（面白い）

　　→ _____

　　→ _____

(2) 台北・町（にぎやか）

　　→ _____

　　→ _____

(3) 図書館・所（静か）

　　→ _____

　　→ _____

(4) 寿司・食べ物（おいしい）

　　→ _____

　　→ _____

5. 例を見て、文を作りなさい。

例：その　店の　料理（おいしい・高い）
　→その　店の　料理は　おいしいですが、高いです。

(1)山田さんの　部屋（きれい・小さい）

　→ _____

(2)日本語の　授業（面白い・難しい）

　→ _____

(3)会社の　食堂（安い・おいしくありません）

　→ _____

(4)学校の　近く（静か・便利ではありません）

　→ _____

【文法説明】

1. [N]は　[A い]です。

　　[N]は　[Na]です。

　　例：日本語は　面白いです。

　　（日文很有趣。）

　　　　その　レストランは　有名です。

　　（那家餐廳很有名。）

　　　日文的形容詞分類，可依照字尾的不同，分為「イ形容詞」與「ナ形容詞」兩種。其中，「イ形容詞」是以「い」為字尾者，像是「暑い、寒い、おいしい、新しい、大きい……」等。

　　　「ナ形容詞」是以非「い」為字尾者，像是「静か、有名、便利……」等，但需要特別注意的是，「きれい、嫌い」這兩個字雖然看似「イ形容詞」卻是屬於「ナ形容詞」。

2. [N]は　あまり　**A** くありません。　（**A** くないです。）

　　[N]は　あまり　[Na]ではありません。

　　　　　　　　　　　　（じゃ）

　　例：日本語は　あまり　難しくありません。（難しくないです）

　　（日文不太難。）

　　　　学校の　近くは　あまり　便利ではありません。

　　　　　　　　　　　　　　　　　　（じゃ）

　　（學校附近不太方便。）

　　「イ形容詞」與「ナ形容詞」的否定形分別如下：

「イ形容詞」：

おいしいです　→　おいし<u>く</u>ありません　　（おいし<u>く</u>ないです）

高いです　　　→　高<u>く</u>ありません　　　（高<u>く</u>ないです）

「ナ形容詞」：

有名です　→　有名<u>では</u>ありません

　　　　　　　　　　（じゃ）

便利です　→　便利<u>では</u>ありません

　　　　　　　　　　（じゃ）

　學習者要注意的是，「イ形容詞」的否定形，需要去掉語尾的「い」後再加「くありません」或「くないです」。「ナ形容詞」的否定形則是和名詞句一樣，「です」改為「ではありません」或「じゃありません」即可。

　另外，「いい」這個「イ形容詞」需要特別注意否定形為**「よくありません／よくないです」**。

　「あまり」為副詞，句尾須使用否定形，表示「不太～」之意。

3. [N]は　[A い　N₂]／[Na な　N₂]です。

　例：台南は　古い　町です。

　　　（台南是個古老的城市。）

　　台北は　にぎやかな　町です。

　　　（台北是個熱鬧的城市。）

　形容詞在修飾名詞時，「イ形容詞」是直接修飾名詞，例如：「大きい　かばん」、「新しい　店」。學習者要注意的是，受到中文母語的影響，常常在形容詞修飾名詞時，中間會加「の」，這是錯誤的使用法。

　　例：（×）「小さいの　時」　→　（○）「小さい　時」。

「ナ形容詞」修飾名詞時，需要在語尾加上「な」之後才能修飾名詞。

　　例：「有名な　レストラン」、「静かな　所」。

4. [N]は　どうですか。

　　例：「日本語の　勉強は　どうですか。」

　　　　（日文的學習如何呢？）

　　　　「台南の　気候は　どうですか。」

　　　　（台南的氣候如何呢？）

　「どうですか。」是用來詢問對方的感想、意見，或是覺得如何時使用。

5. [N₁]は　どんな　[N₂]ですか。

　　例：「日本は　どんな　国ですか。」

　　　　（日本是什麼樣的國家呢？）

　　　　「それは　どんな　かばんですか。」

　　　　（什麼樣的包包呢？）

　「どんな」這個詞為連體詞，意思解釋為「什麼樣的性質、內容或狀態等」。日文裡的連體詞後面需要直接修飾名詞。

6. [N]は　[A い]／[Na]ですが、[A い]／[Na]です。

　　例：その　レストランは　有名ですが、とても　高いです。

　　　　（那家餐廳雖然很有名，但是很貴。）

　　　　学校の　食堂は　安いですが、あまり　おいしくありません。

　　　　（學校的餐廳雖然便宜，但是不太好吃。）

　「が」是「接續助詞」，意思解釋為「雖然…，但是…」。

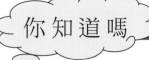

你知道嗎

日本常見食物

日本語	中国語	日本語	中国語
チャーハン	炒飯	味噌汁 （み そ しる）	味噌湯
餃子 （ぎょう ざ）	煎餃	回転寿司 （かい てん ず し）	迴轉壽司
どら焼 （やき）	銅鑼燒	牛丼 （ぎゅうどん）	牛肉蓋飯
お好み焼 （この やき）	大阪燒	焼肉 （やきにく）	烤肉
たこ焼 （やき）	章魚燒	かき氷 （ごおり）	刨冰

Note

第 8 課　今　何時ですか

【単語】			CD2-04

1	いま	今	[名]	現在
1	ごぜん	午前	[名]	上午
3	なんようび	何曜日	[名]	星期幾
3	げつようび	月曜日	[名]	星期一
2	かようび	火曜日	[名]	星期二
3	すいようび	水曜日	[名]	星期三
3	もくようび	木曜日	[名]	星期四
3	きんようび	金曜日	[名]	星期五
2	どようび	土曜日	[名]	星期六
3	にちようび	日曜日	[名]	星期日
3	たんじょうび	誕生日	[名]	生日
3	しんにゅうせい	新入生	[名]	新生
2	しょくいん	職員	[名]	職員
1	クラス		[名]	班級（英 class）
0	びょういん	病院	[名]	醫院
0	ぶかつ	部活	[名]	社團活動
0	しごと	仕事	[名]	工作

1 よる	夜	[名]	晚上
1 あさ	朝	[名]	早上
0 でんしゃ	電車	[名]	電車
4 おんがくかい	音楽会	[名]	音樂會
3 きっさてん	喫茶店	[名]	咖啡廳
1 かいぎ	会議	[名]	會議
1 セール		[名]	拍賣（英 sale）
5 やすみのひ	休みの日	[名]	休假日
0 らいしゅう	来週	[名]	下星期
1 ドラマ		[名]	戲劇；連續劇（英 drama）
0 ほうそう	放送	[名]	播放
1 なんじ	何時	[名]	幾點
1 いつ		[名]	什麼時候
1 なんがつ	何月	[名]	幾月
1 なんにち	何日	[名]	幾日
1 なんぷん	何分	[名]	幾分
～じ	～時	[接尾]	～點
～ふん・ぷん	～分・分	[接尾]	～分

【文型】

1. 今　何時ですか。

2. [N]は　[時間]からです。

3. [N]は　[時間]までです。

4. [N]は　[時間 1]から　[時間 2]までです。

5. [N]は　いつですか。

【用例】　　CD2-05

1. 今　何時ですか。
   10時です。
   10時5分前です。／9時 55 分です。

2. 日本語の　授業は　何時からですか。
   10時10分からです。

3. あの　デパートは　何時までですか。
   午後　8時までです。

4. 学校は　何曜日から　何曜日までですか。
   月曜日から　金曜日までです。

5. お誕生日は　いつですか。
   誕生日は　5月1日です。

【時間表現Ⅰ （～月）】

いちがつ	にがつ	さんがつ	しがつ	ごがつ
1月	2月	3月	4月	5月

ろくがつ	しちがつ	はちがつ	くがつ	じゅうがつ
6月	7月	8月	9月	10月

じゅういちがつ	じゅうにがつ	なんがつ
11月	12月	何月

【時間表現Ⅱ （～日・星期～）】

げつようび 月曜日	かようび 火曜日	すいようび 水曜日	もくようび 木曜日	きんようび 金曜日	どようび 土曜日	にちようび 日曜日
ついたち 1日	ふつか 2日	みっか 3日	よっか 4日	いつか 5日	むいか 6日	なのか 7日
ようか 8日	ここのか 9日	とおか 10日	じゅういちにち 11日	じゅうににち 12日	じゅうさんにち 13日	じゅうよっか 14日
じゅうごにち 15日	じゅうろくにち 16日	じゅうしちにち 17日	じゅうはちにち 18日	じゅうくにち 19日	はつか 20日	にじゅういちにち 21日
にじゅうににち 22日	にじゅうさんにち 23日	にじゅうよっか 24日	にじゅうごにち 25日	にじゅうろくにち 26日	にじゅうしちにち 27日	にじゅうはちにち 28日
にじゅうくにち 29日	さんじゅうにち 30日	さんじゅういちにち 31日				

なんにち　なんようび
何日／何曜日

【時間表現Ⅲ （～點～分）】

1	2	3	4	5	6	7	8	9	10	11	12	？
いちじ 1時	にじ 2時	さんじ 3時	よじ 4時	ごじ 5時	ろくじ 6時	しちじ 7時	はちじ 8時	くじ 9時	じゅうじ 10時	じゅういちじ 11時	じゅうにじ 12時	なんじ 何時

1	2	3	4	5	6	7	8	9	10	11	30	？
いっぷん 1分	にふん 2分	さんぷん 3分	よんぷん 4分	ごふん 5分	ろっぷん 6分	しちふん 7分 ななふん 7分	はっぷん 8分	きゅうふん 9分	じっぷん 10分 じゅっぷん 10分	じゅういっぷん 11分	さんじっぷん 30分 さんじゅっぷん 30分 はん 半	なんぷん 何分

【会話】　🔊 CD2-06

新入生　　：すみません、日本語の　授業は　何時からですか。

大学職員：新しい　学生さんですか。

新入生　　：はい。

大学職員：Ａクラスですか。Ｂクラスですか。

新入生　　：Ａクラスです。

大学職員：Ａクラスの　日本語の　授業は　月曜日と　水曜日です。
　　　　　　月曜日は　午前　8時10分からです。

新入生　　：水曜日も　8時10分からですか。

大学職員：いいえ、水曜日は　10時10分からです。

新入生　　：教室は　どこですか。

大学職員：月曜日は　2階で、水曜日は　4階です。

新入生　　：そうですか。どうも　ありがとうございました。

日本語の授業

月曜日　8:10　➡2F

水曜日　10:10　➡4F

【練習問題】

1. 絵を見て練習しなさい。

例：今　何時ですか。
　　→今　10時です。

①

②

③

④

⑤

⑥

2. 語句を入れ替えて練習しなさい。

(1) 会社は　8時からです。
　　①病院・午前　10時
　　②郵便局・9時
　　③図書館・9時半
　　④部活・午後　7時

(2) 学校は　午後　4時までです。
　　①仕事・午後　6時
　　②デパート・夜　7時　45分
　　③電車・午後　11時
　　④あの　店・午前　0時

(3) 銀行は　何時から　何時までですか。　(9：00 ～ 15：00)

　　→銀行は　午前　9時から　午後　3時までです。

　①スーパーは　何時から　何時までですか。　(朝 10：00 ～夜 8：00)

　　→_____

　②音楽会は　何時から　何時までですか。　(19：00 ～ 21：00)

　　→_____

　③喫茶店は　何時から　何時までですか。　(11：00 ～ 14：30)

　　→_____

　④会議は　何時から　何時までですか。　(16：10 ～ 17：50)

　　→_____

3. 例のように、次の文を完成しなさい。

　例1：お誕生日は　いつですか。　(1月7日)

　　→誕生日は　1月7日です。

　例2：セールは　何曜日からですか。　(火曜日)

　　→セールは　火曜日からです。

(1) 休みの　日は　いつですか。　(8日)

　　→_____

(2) 英語の　授業は　いつからですか。　(来週の水曜日)

　　→_____

(3) デパートの　セールは　いつまでですか。　(5月 14 日)

　　→_____

121

(4) 韓国の　ドラマの　放送は　いつから　いつまでですか。　（12 月～3 月）

→ _____

(5) 学校は　いつから　いつまでですか。　（月曜日～金曜日）

→ _____

【文法説明】

1. 今　何時ですか。

　　例：今　何時ですか。

　　　　（現在是幾點?）

　　　　今　8時です。

　　　　（現在是 8 點。）

　　　　今　9時 50 分です。

　　　　（現在是 9 點 50 分。）

　　日文中的「何時」是中文「幾點」的意思。「今　何時ですか」是詢問目前時刻的說法。

　　若僅詢問「幾分」，則可用「何分」來問。

　　例：今　何分ですか。（現在是幾分呢？）

　　另外，「今　9時 50 分です」可換成另一種說法，即「今　10 時 10 分前です」。意思是「現在差 10 分就 10 點了」。

　　尚須注意的是，相對於「何時」為詢問時刻的說法，「いつ」則是用以詢問日期。

　　詳見文法說明第 5 項。

2. [N]は　[時間]からです。

　　例：銀行は　午前　9時からです。
　　　　（銀行從上午 9 點開始營業。）

　　　　あの　番組は　午後　8時からです。
　　　　（那個節目從晚上 8 點開始播放。）

　　「～から」是「從～開始」的意思，在此用來表示時間的起點。

3. [N]は　[時間]までです。

　　例：図書館は　午後　10時までです。
　　　　（圖書館開到晚上 10 點。）

　　　　郵便局は　午後　5時までです。
　　　　（郵局營業至下午 5 點。）

　　「～まで」是「到～為止」的意思，在此用來表示時間的終點。

　　「～から」與「～まで」可以分開使用，亦可同時使用。詳見文法說明第 4 項。

4. [N]は　[時間 1]から　[時間 2]までです。

　　例：図書館は　9時から　4時までです。
　　　　（圖書館從 9 點開到 4 點。）

　　　　英語の　授業は　月曜日から　金曜日までです。
　　　　（英文課從週一上到週五。）

　　「～から～まで」是「從～開始，到～為止」的意思，在此用以表示時間的起迄點。

5. [N]は　いつですか。

例：A：大学祭は　いつですか。
<small>だいがくさい</small>

（大學的校慶是什麼時候呢？）

B：大学祭は　12月10日です。
<small>だいがくさい　　じゅうにがつとおか</small>

（大學的校慶是 12 月 10 日。）

A：日本語能力試験は　いつですか。
<small>に ほん ご のうりょく し けん</small>

（日語能力檢定考試是什麼時候呢？）

B：日本語能力試験は　来週の　日曜日です。
<small>に ほん ご のうりょく し けん　　らいしゅう　　にちようび</small>

（日語能力檢定考試是下週日。）

由於「いつ」（什麼時候）是詢問日期，因此在回答時，可用「～月～日」
「～曜日」「来週」等表示時間的名詞。
<small>がつ　にち</small>
<small>ようび　らいしゅう</small>

```
                                            不可不知
┌─────────────────────────────────────────────────┐
│                                                   │
│              「～から」「～まで」                  │
│            「～から～まで」的用法                  │
│                                                   │
│    「～から」「～まで」「～から～まで」不僅可用於時間，亦可 │
│  用於空間。例如，高鐵的起站是台北，為「台湾高速鉄道は　台北か │
│                          たいわんこうそくてつどう　　たいぺい │
│  らです」。高鐵的終點站是高雄，為「台湾高速鉄道は　高雄までで │
│                          たいわんこうそくてつどう　　たか お │
│  す」。「高鐵從台北到高雄」，為「台湾高速鉄道は　台北から　高 │
│                          たいわんこうそくてつどう　　たいぺい　　たか │
│  雄までです」。                                    │
│  お                                               │
│                                                   │
└─────────────────────────────────────────────────┘
```

第9課　学校へ行きます

【単語】			🎵 CD2-07
① まいあさ	毎朝	[名]	每天早上
① まいばん	毎晩	[名]	每天晚上
⓪ ともだち	友達	[名]	朋友
① まいにち	毎日	[名]	每天
② きのう	昨日	[名]	昨天
⓪ こんしゅう	今週	[名]	這個星期
① こんど	今度	[名]	這次、下次
⓪ れんきゅう	連休	[名]	連假
⓪ じっか	実家	[名]	老家
③ ほっかいどう	北海道	[名]	北海道
⓪ ぶんぼうぐや	文房具屋	[名]	文具行
⓪ やおや	八百屋	[名]	賣蔬果的商店
② びよういん	美容院	[名]	美容院
① タクシー		[名]	計程車（英 taxi）
① バイク		[名]	摩托車（英motorbike之略）
⑤ スクールバス		[名]	校車（英 school bus）

②	ひこうき	飛行機	[名]	飛機
③	しんかんせん	新幹線	[名]	新幹線
⓪	おきなわ	沖縄	[名]	沖縄
①	かぞく	家族	[名]	家人
①	かれ	彼	[代]	他，男朋友
①	かのじょ	彼女	[代]	她，女朋友
①	きょねん	去年	[名]	去年
⓪	らいねん	来年	[名]	明年
①	らいげつ	来月	[名]	下個月
⓪	せんしゅう	先週	[名]	上個星期
③	おととい		[名]	前天
②	あさって		[名]	後天
②	おととし		[名]	前年
⓪	ゆうべ		[名]	昨晚
①	けさ	今朝	[名]	今天早上
①	ふね	船	[名]	船
③	なつやすみ	夏休み	[名]	暑假
③	ふゆやすみ	冬休み	[名]	寒假
③	いきます（いく）	行きます（行く）	[動Ⅰ]	去
②	きます（くる）	来ます（来る）	[動Ⅲ]	來
④	かえります（かえる）	帰ります（帰る）	[動Ⅰ]	回家
③	おきます（おきる）	起きます（起きる）	[動Ⅱ]	起床

2 ねます（ねる）　　　寝ます（寝る）　　　[動Ⅱ]　睡覺

0 ずっと　　　　　　　　　　　　　　　　　[副]　一直

———

あるいて　いきます	歩いて　行きます	走路去
うちへ　きませんか	家へ　来ませんか	要不要來我家
にちようびは　ちょっと…	日曜日は　ちょっと…	星期天有點不方便
ざんねんですね	残念ですね	真可惜
いってきます	行ってきます	我走了
いって（い）らっしゃい		請慢走

【文型】

1. [N]（場所、方向）へ　行きます／来ます／帰ります。

2. [N]（時間）に　起きます／寝ます。

3. [N]（交通工具）で　行きます／来ます／帰ります。

4. [N]（人）と　行きます。

5. [V]ます／ません／ました／ませんでした。

6. どこへも　行きません。

【用例】　　　　　　　　　　　　　　　　 CD2-08

1. 明日　どこへ　行きますか。
   明日　学校へ　行きます。

2. 李さんは　毎朝　何時に　起きますか。
   毎朝　六時に　起きます。
   毎晩　何時に　寝ますか。
   毎晩　十二時に　寝ます。

3. 陳さんは　何で　学校へ　行きますか。
   バスで　学校へ　行きます。

4. 友達と　行きます。

5. 王さんは　毎日　学校へ　行きますか。
   いいえ、日曜日は　学校へ　行きません。

6. 林さんは　昨日　学校へ　来ましたか。
   いいえ、学校へ　来ませんでした。

7. 今日は　どこかへ　行きますか。

はい、学校へ　行きます。

明日は　どこかへ　行きますか。

いいえ、どこへも　行きません。

【表Ⅰ】時間表現（前・昨・今・明・後・毎）年・月・週・日

年	月	週	日
一昨年 (おととし)	先々月 (せんせんげつ)	先々週 (せんせんしゅう)	一昨日 (おととい)
去年 (きょねん)	先月 (せんげつ)	先週 (せんしゅう)	昨日 (きのう)
今年 (ことし)	今月 (こんげつ)	今週 (こんしゅう)	今日 (きょう)
来年 (らいねん)	来月 (らいげつ)	来週 (らいしゅう)	明日／明日 (あした／あす)
再来年 (さらいねん)	再来月 (さらいげつ)	再来週 (さらいしゅう)	明後日 (あさって)
毎年／毎年 (まいとし／まいねん)	毎月 (まいつき)	毎週 (まいしゅう)	毎日 (まいにち)

【表Ⅱ】

接「に」	不可接「に」
〜年（ねん） 〜月（がつ） 〜日（にち） 〜時（じ） 〜分（ふん） 〜半（はん） 夏休み・冬休み・誕生日（なつやすみ・ふゆやすみ・たんじょうび） 〜曜日（ようび）	去年・今年・来年（きょねん・ことし・らいねん） 先月・今月・来月（せんげつ・こんげつ・らいげつ） 先週・今週・来週・毎週（せんしゅう・こんしゅう・らいしゅう・まいしゅう） おととい・昨日・今日・明日・あさって（きのう・きょう・あした） 今朝・ゆうべ・今・毎日・毎朝・毎晩（けさ・いま・まいにち・まいあさ・まいばん） 朝・夜（あさ・よる） 春・夏・秋・冬（はる・なつ・あき・ふゆ）

【会話一】

山本：李さん、おはよう。

李　：おはよう。

山本：どこへ　行きますか。

李　：学校へ　行きます。

山本：何で　行きますか。

李　：歩いて　行きます。

山本：毎日　行きますか。

李　：いいえ、日曜日は　行きません。

山本：じゃ、今週の　日曜日に　家へ　来ませんか。

李　：今週の　日曜日は　ちょっと…。

山本：そうですか。残念ですね。

李　：すみません。それじゃ、行ってきます。

山本：はい、いってらっしゃい。

【会話二】

CD2-10

山本：今度の　連休は　どこへ　行きますか。

佐藤：実家へ　帰ります。

山本：李さんも　帰りますか。

李　：いいえ、私は　帰りません。

佐藤：冬休みに　山本さんは　どこかへ　行きましたか。

山本：いいえ、どこへも　行きませんでした。ずっと　家に　いました。李さんは。

李　：私は　友達と　北海道へ　行きました。

【練習問題】

1. 語句を入れ替えて練習しなさい。

(1) 私は　学校へ　行きます。
①スーパー　　　②文房具屋　　　③八百屋　　　④美容院
⑤友達の家

(2) 私は　6時に　起きます。
①5時　　　　　②7時　　　　　③9時　　　　　④12時
⑤8時半

(3) 私は　バスで　帰ります。
①タクシー　　　②バイク　　　③スクールバス　④飛行機
⑤新幹線

(4) 誰と　沖縄へ　行きますか。
①家族　　　　　②友達　　　　③クラスメート　④彼
⑤彼女

(5) 来週　台南へ　行きます。
①去年の夏・行きました　　　②来年の冬・帰ります
③来月・行きます　　　　　　④先週・帰りました
⑤おととい・来ました　　　　⑥あさって・行きます

2. 次の表を完成させなさい。

行きます	行きません	行きました	行きませんでした
来ます			
帰ります			
います			
寝ます			
起きます			

3. 例のように言いなさい。

例：明日　何時に　学校へ　行きますか。（9時）
　　→明日　9時に　行きます。

(1) いつ　日本へ　来ましたか。（おととしの　4月）

　　→＿＿＿＿＿＿＿＿＿＿＿＿＿＿＿＿＿＿＿＿＿＿＿＿＿＿

(2) 先週の　日曜日に　どこへ　行きましたか。（どこへも）

　　→＿＿＿＿＿＿＿＿＿＿＿＿＿＿＿＿＿＿＿＿＿＿＿＿＿＿

(3) ゆうべ　何時に　家へ　帰りましたか。（12 時）

　　→＿＿＿＿＿＿＿＿＿＿＿＿＿＿＿＿＿＿＿＿＿＿＿＿＿＿

(4) 今朝　誰と　スーパーへ　行きましたか。（友達）

　　→＿＿＿＿＿＿＿＿＿＿＿＿＿＿＿＿＿＿＿＿＿＿＿＿＿＿

(5) 何で　沖縄へ　行きますか。（船）

　　→＿＿＿＿＿＿＿＿＿＿＿＿＿＿＿＿＿＿＿＿＿＿＿＿＿＿

4. 次の文を完成させなさい。

(1) 李：王さんは　明日　学校へ　行きますか。

王：はい、_____

いいえ、_____

(2) 王：陳さんは　昨日　学校へ　来ましたか。

陳：はい、_____

いいえ、_____

(3) 陳：林さんは　夏休みに　どこかへ　行きますか。

林：はい、_____

いいえ、_____

5. 次の質問に答えなさい。

(1) あなたは　毎日　学校へ　来ますか。

→ _____

(2) あなたは　毎朝　何時に　起きますか。

→ _____

(3) あなたは　毎晩　何時に　寝ますか。

→ _____

(4) あなたは　毎日　何時に　家へ　帰りますか。

→ _____

(5) あなたは　何で　学校へ　行きますか。

→ _____

(6) あなたは　冬休みに　どこへ　行きますか。

→ _____

【文法説明】

1. [N]（場所、方向）へ　行きます／来ます／帰ります。

例：図書館へ　行きます。

（去圖書館。）

　「行きます」、「来ます」、「帰ります」為移動動詞，移動的方向用助詞「へ」表示。另外，助詞「へ」須讀作「e」。

2. [N]（時間）に　起きます／寝ます。

例：毎朝　6時に　起きます。

（每天早上六點起床。）

　　動作發生的時間用助詞「に」表示。在表示時間的名詞後面通常會加「に」，但如果表示時間的名詞不含數字時原則上不加「に」。

3. [N]（交通工具）で　行きます／来ます／帰ります。

例：バスで　行きます。

（搭公車去。）

　　助詞「で」接在表示交通工具的名詞之後，與上述之移動動詞一起使用，表示所使用的交通工具。但如用「歩いて」（走路）時，則不能加「で」。

例：（×）歩いてで　行きます。

（○）歩いて　行きます。（走路去。）

4. [N]（人）と　行きます。

例：家族と　日本へ　行きます。

（和家人去日本。）

助詞「と」表示一起做某個動作的人，相當於中文的「和」。但單獨行動時，用「一人で」（一個人），此時則不能加「と」。

例：一人で　台北へ　行きます。（一個人去台北。）

5. [V]ます／ません／ました／ませんでした。

例：行きます／行きません／行きました／行きませんでした。

「Ｖます」　　　　　（表動詞的現在形或未來形）

「Ｖません」　　　　（表動詞的否定形）

「Ｖました」　　　　（表動詞的過去形）

「Ｖませんでした」　（表動詞的過去否定形）

6. どこへ　行きますか／どこかへ　行きますか。

例：Ａ：明日　どこへ　行きますか。

　　　　（明天要去哪裡？）

　　Ｂ：台北へ　行きます。

　　　　（去台北。）

　　Ａ：明日　どこかへ　行きますか。

　　　　（明天有沒有要去哪裡？）

　　Ｂ：はい、台北へ　行きます。

　　　　（有，要去台北。）

「どこ」是疑問詞，相當於中文的「哪裡」。「どこか」表不特定場所，因此被問到「どこへ　行きますか」時，只要回答去哪裡（場所）即可。但如被問「どこかへ　行きますか」時，因為是「有沒有要去哪裡」的意思，因此回答時要先回答「はい」或「いいえ」。

7. どこへも　行_いきません。

　　例：明日_{あした}　どこへも　行_いきません。

　　　　（明天哪裡都不去。）

　　「疑問詞＋も＋否定形」，表示完全否定。「どこへも」的助詞「へ」可省略。

你知道嗎

交通相關用語

日本語	中国語	日本語	中国語
向こう側 _{む　がわ}	對面	右折 _{う せつ}	右轉
十字路 _{じゅうじ ろ}	十字路口	左折 _{さ せつ}	左轉
横断歩道 _{おうだん ほ どう}	斑馬線	路地 _{ろ じ}	巷子
道路 _{どう ろ}	馬路	歩道 _{ほ どう}	人行道
交差点 _{こう さ てん}	交叉口	交通信号 _{こうつうしんごう}	交通號誌
青信号 _{あおしんごう}	綠燈	赤信号 _{あかしんごう}	紅燈

Note

第 10 課　一緒にテニスをしませんか

【単語】			💿 CD2-11

① ごはん	ご飯	[名]	飯
③ あさごはん	朝ご飯	[名]	早餐
③ ひるごはん	昼ご飯	[名]	午餐
③ ばんごはん	晩ご飯	[名]	晩餐
③ べんとう	弁当	[名]	便當
① サラダ		[名]	生菜沙拉（法 salad）
④ カレーライス		[名]	咖哩飯（英 curry and rice 之略）
② たまご	玉子	[名]	雞蛋
② くだもの	果物	[名]	水果
⓪ やさい	野菜	[名]	蔬菜
① スープ		[名]	湯（英 soup）
⓪ おさけ	お酒	[名]	酒
⓪ こうちゃ	紅茶	[名]	紅茶
⓪ みず	水	[名]	水
① ミルク		[名]	牛奶（英 milk）

⓪	まんが	漫画	[名]	漫畫
⓪	てがみ	手紙	[名]	信
②	レポート		[名]	報告（英 report）
①	はし	箸	[名]	筷子
①	て	手	[名]	手
④	せんたくき	洗濯機	[名]	洗衣機
③	そうじき	掃除機	[名]	吸塵器
②	ちち	父	[名]	家父
①	はは	母	[名]	家母
④	いもうと	妹	[名]	妹妹
①	こんばん	今晩	[名]	今天晚上
④	インドじん	インド人	[名]	印度人（英 India）
①	プール		[名]	游泳池（英 pool）
①	りょう	寮	[名]	宿舍
③	えいがかん	映画館	[名]	電影院
①	テニス		[名]	網球（英 tennis）
⓪	しゅくだい	宿題	[名]	功課；作業
②	します（する）		[動Ⅲ]	做
③	のみます（のむ）	飲みます（飲む）	[動Ⅰ]	喝
④	およぎます（およぐ）	泳ぎます（泳ぐ）	[動Ⅰ]	游泳
③	かいます（かう）	買います（買う）	[動Ⅰ]	買
③	かきます（かく）	書きます（書く）	[動Ⅰ]	寫

③	よみます（よむ）	読みます（読む）	[動Ⅰ]	讀
⑤	はたらきます （はたらく）	働きます（働く）	[動Ⅰ]	工作
③	たべます（たべる）	食べます（食べる）	[動Ⅱ]	吃
②	みます（みる）	見ます（見る）	[動Ⅱ]	看
⑥	べんきょうします （べんきょうする）	勉強します （勉強する）	[動Ⅲ]	唸書；用功
⑥	かいものします （かいものする）	買い物します （買い物する）	[動Ⅲ]	買東西
⑥	せんたくします （せんたくする）	洗濯します （洗濯する）	[動Ⅲ]	洗衣服
⑤	そうじします （そうじする）	掃除します （掃除する）	[動Ⅲ]	打掃
⓪	いっしょに	一緒に	[副]	一起
①	はやく	早く	[副]	快點
⓪	これから		[接續]	接下來，今後
①	でも		[接續]	但是
⓪	こばやし	小林	[姓]	小林
②	たかはし	高橋	[姓]	高橋

そうですね		是啊；這個嘛…
いいですね		好耶
わかりました	分かりました	知道了，好的

また　あとで	等會兒見
おつかれさま　　　　お疲れ様	辛苦了
おなかが　すきました	肚子餓了
どうしますか	怎麼辦呢

【文　型】

1. [N]を　[V]ます。

2. [N]（對象）に　[V]ます。

3. [N]（動作場所）で　[V]ます。

4. [N]（手段、工具）で　[V]ます。

5. 一緒に　[V]ませんか。

6. [V]ましょう。

【用　例】　CD2-12

1. コーヒーを　飲みます。

2. これから　何を　しますか。
　　父に　手紙を　書きます。

3. 今日は　何を　しますか。
　　友達と　図書館で　勉強します。

4. 何で　ご飯を　食べますか。
　　箸で　食べます。

5. 今度の　日曜日　一緒に　映画を　見ませんか。
　　ええ、見ましょう。

【会話一】　　　　　　　　　　　　　CD2-13

陳　　：いい　天気ですね。

小林：そうですね。午後　どこかへ　行きますか。

陳　　：いいえ、どこへも　行きません。

　　　　寮で　漫画を　読みます。小林さんは。

小林：私は　クラスメートと　テニスを　します。

　　　　陳さんも　一緒に　しませんか。

陳　　：いいですね。どこで　しますか。

小林：学校で　します。

陳　　：何時からですか。

小林：午後　2時から　4時までです。

陳　　：分かりました。

　　　　それじゃ、また　あとで。

【会話二】

王_{おう}　：お疲_{つか}れ様_{さま}。

高橋_{たかはし}：お疲_{つか}れ様_{さま}。おなかが　すきましたね。

　　　　王_{おう}さん、晩_{ばん}ご飯_{はん}は　どうしますか。

王_{おう}　：そうですね。一緒_{いっしょ}に　会社_{かいしゃ}の　食堂_{しょくどう}で　食_たべませんか。

　　　　あそこの　弁当_{べんとう}は　おいしいですよ。

高橋_{たかはし}：昨日_{きのう}　あそこで　食_たべました。駅_{えき}の　隣_{となり}の　店_{みせ}に　行_いきま

　　　　せんか。あそこの　ラーメンも　おいしいですよ。

王_{おう}　：そうですね。でも、何_{なん}で　行_いきますか。

高橋_{たかはし}：タクシーで　行_いきましょう。

【練習問題】

1. 語句を入れ替えて練習しなさい。

(1) 毎朝 <u>コーヒー</u>を 飲みます。
①水　　　　　②ジュース　　　③紅茶　　　　④ミルク

(2) 今朝 <u>パン</u>を 食べました。
①ご飯　　　　②玉子　　　　　③果物　　　　④サラダ

(3) <u>妹</u>に 電話を しました。
①先生　　　　②母　　　　　　③彼　　　　　④彼女

(4) 昨日 <u>図書館</u>で 勉強しました。
①家　　　　　②学校　　　　　③寮　　　　　④教室

(5) 毎晩 家で <u>新聞を 読みます</u>。
①日本語を 勉強します　　　　②テレビを 見ます
③晩ご飯を 食べます　　　　　④宿題を します

(6) 毎日 陳さんと 一緒に <u>学校</u>で <u>テニスを します</u>。
①食堂・ご飯を 食べます　　　②スーパー・果物を 買います
③プール・泳ぎます　　　　　　④会社・働きます

2. 例のように練習しなさい。

(1) 例：妹・日本語・手紙・書きます
　　　→ <u>妹は 日本語で 手紙を 書きます</u>。

　　例：アメリカ人・フォーク・サラダ・食べます
　　　→アメリカ人は フォークで サラダを 食べます。

① 友達・中国語・レポート・書きます

→＿＿＿＿＿＿＿＿＿＿＿＿＿＿＿＿＿＿＿＿＿＿＿＿

② インド人・手・カレーライス・食べます

→＿＿＿＿＿＿＿＿＿＿＿＿＿＿＿＿＿＿＿＿＿＿＿＿

③ あの人・洗濯機・服・洗濯します

→＿＿＿＿＿＿＿＿＿＿＿＿＿＿＿＿＿＿＿＿＿＿＿＿

④ 母・掃除機・部屋・掃除します

→＿＿＿＿＿＿＿＿＿＿＿＿＿＿＿＿＿＿＿＿＿＿＿＿

(2)　例：明日・晩ご飯・食べます
　　　　→明日　一緒に　晩ご飯を　食べませんか。

① 土曜日・映画・見ます

→＿＿＿＿＿＿＿＿＿＿＿＿＿＿＿＿＿＿＿＿＿＿＿＿

② 午後・テレビ・見ます

→＿＿＿＿＿＿＿＿＿＿＿＿＿＿＿＿＿＿＿＿＿＿＿＿

③ 毎日・日本語・勉強します

→＿＿＿＿＿＿＿＿＿＿＿＿＿＿＿＿＿＿＿＿＿＿＿＿

④ 日曜日・テニス・します

→＿＿＿＿＿＿＿＿＿＿＿＿＿＿＿＿＿＿＿＿＿＿＿＿

⑤ 今晩・お酒・飲みます

→＿＿＿＿＿＿＿＿＿＿＿＿＿＿＿＿＿＿＿＿＿＿＿＿

(3) 例：ご飯を　食べます

　　　→<u>ご飯を　食べましょう。</u>

① コーヒーを　飲みます

　→＿＿＿＿＿＿＿＿＿＿＿＿＿＿＿＿＿＿＿＿＿＿＿＿＿

② 英語を　勉強します

　→＿＿＿＿＿＿＿＿＿＿＿＿＿＿＿＿＿＿＿＿＿＿＿＿＿

③ お酒を　飲みます

　→＿＿＿＿＿＿＿＿＿＿＿＿＿＿＿＿＿＿＿＿＿＿＿＿＿

④ バスで　帰ります

　→＿＿＿＿＿＿＿＿＿＿＿＿＿＿＿＿＿＿＿＿＿＿＿＿＿

⑤ これから　行きます

　→＿＿＿＿＿＿＿＿＿＿＿＿＿＿＿＿＿＿＿＿＿＿＿＿＿

⑥ 早く　掃除します

　→＿＿＿＿＿＿＿＿＿＿＿＿＿＿＿＿＿＿＿＿＿＿＿＿＿

3. 次のように言ってみなさい。

例：A：先週の　日曜日は　何を　しましたか。

　　B：レポートを　書きました。（レポートを　書きます）

　　A：何で　書きましたか。（何で）

　　B：パソコンで　書きました。（パソコン）

①
A：先週の　日曜日は　何を　しましたか。

B：＿＿＿＿＿＿＿＿＿＿＿＿（電話を　します）

A：＿＿＿＿＿＿＿＿＿＿＿＿（誰に）

B：＿＿＿＿＿＿＿＿＿＿＿＿（国の　友達）

②
A：先週の　日曜日は　何を　しましたか。

B：＿＿＿＿＿＿＿＿＿＿＿＿（宿題を　します）

A：＿＿＿＿＿＿＿＿＿＿＿＿（どこで）

B：＿＿＿＿＿＿＿＿＿＿＿＿（図書館）

③
A：先週の　日曜日は　何を　しましたか。

B：＿＿＿＿＿＿＿＿＿＿（スーパーへ　行きます）

A：＿＿＿＿＿＿＿＿＿＿（何で）

B：＿＿＿＿＿＿＿＿＿＿（自転車）

④
A：先週の　日曜日は　何を　しましたか。

B：＿＿＿＿＿＿＿＿＿＿＿＿（買い物します）

A：＿＿＿＿＿＿＿＿＿＿＿＿（どこで）

B：＿＿＿＿＿＿＿＿＿＿＿＿（デパート）

4. 次の質問に答えなさい。

(1) A：朝ご飯は　何を　食べましたか。

　　 B：＿＿＿＿＿＿＿＿＿＿＿＿＿＿＿＿＿＿＿＿＿＿＿＿＿＿

(2) A：晩ご飯は　何を　食べますか。

　　 B：＿＿＿＿＿＿＿＿＿＿＿＿＿＿＿＿＿＿＿＿＿＿＿＿＿＿

(3) A：昨日　何を　勉強しましたか。

　　 B：＿＿＿＿＿＿＿＿＿＿＿＿＿＿＿＿＿＿＿＿＿＿＿＿＿＿

(4) A：毎晩　家で　何を　しますか。

　　 B：＿＿＿＿＿＿＿＿＿＿＿＿＿＿＿＿＿＿＿＿＿＿＿＿＿＿

【文法説明】

1. [N]を　[V]ます。

例：りんごを　食<ruby>食<rt>た</rt></ruby>べます。

（吃蘋果。）

　　「を」放在受詞的後面，是提示受詞的助詞。在此例句中，「食<ruby>た</ruby>べます」為「吃」的意思，「を」前面的名詞「りんご（蘋果）」表示「食べます」的受詞。

例：喝酒　　→　お酒<ruby>酒<rt>さけ</rt></ruby>を　飲<ruby>飲<rt>の</rt></ruby>みます

　　看報紙　→　新聞<ruby>新聞<rt>しんぶん</rt></ruby>を　読<ruby>読<rt>よ</rt></ruby>みます

另外，像「勉強<ruby>勉強<rt>べんきょう</rt></ruby>します」這一類的動詞，也可以說為「勉強<ruby>勉強<rt>べんきょう</rt></ruby>を　します」。

例：（○）勉強<ruby>勉強<rt>べんきょう</rt></ruby>します。

　　（○）勉強<ruby>勉強<rt>べんきょう</rt></ruby>をします。

若此動詞已有其他受詞時，要避免「を」的重複。

例：（○）日本語<ruby>日本語<rt>にほんご</rt></ruby>を　勉強<ruby>勉強<rt>べんきょう</rt></ruby>します。

　　（×）日本語<ruby>日本語<rt>にほんご</rt></ruby>を　勉強<ruby>勉強<rt>べんきょう</rt></ruby>を　します。

→（○）日本語<ruby>日本語<rt>にほんご</rt></ruby>の　勉強<ruby>勉強<rt>べんきょう</rt></ruby>を　します。

2. [N]（動作對象）に　[V]ます。

例：父<ruby>父<rt>ちち</rt></ruby>に　手紙<ruby>手紙<rt>てがみ</rt></ruby>を　書<ruby>書<rt>か</rt></ruby>きます。

（寫信給父親。）

助詞「に」前面的名詞，表示動作的對象。

3. **[N]（動作場所）で　[V]ます。**

　　例：会社<ruby>会社<rt>かいしゃ</rt></ruby>で　働<ruby>働<rt>はたら</rt></ruby>きます。

　　　　（在公司工作。）

　助詞「で」前面的場所名詞，表示動作的地點。

4. **[N]（手段、工具）で　[V]ます。**

　　例：箸<ruby>箸<rt>はし</rt></ruby>で　ご飯<ruby>飯<rt>はん</rt></ruby>を　食<ruby>食<rt>た</rt></ruby>べます。

　　　　（用筷子吃飯。）

　「で」前面的名詞表示動作時所使用的手段、方法、工具。相當於中文的「用」或者「以」。

5. **一緒<ruby>一緒<rt>いっしょ</rt></ruby>に　[V]ませんか。**

　　例：一緒<ruby>一緒<rt>いっしょ</rt></ruby>に　コーヒーを　飲<ruby>飲<rt>の</rt></ruby>みませんか。

　　　　（要不要一起喝杯咖啡呢？）

　「ませんか」含有邀請之意，相當於中文的「要不要～呢」。回答為肯定時，多使用「～ましょう」的句型回答。

6. **[V]ましょう。**

　　例：一緒<ruby>一緒<rt>いっしょ</rt></ruby>に　勉強<ruby>勉強<rt>べんきょう</rt></ruby>しましょう。

　　　　（一起唸書吧！）

　「～ましょう」由「ます」變化而來，呼籲、催促對方和自己做相同動作之意。相當於中文的「～吧！」

台灣常見食物

日本語		中国語
お粥 <small>かゆ</small>		稀飯
豆乳 <small>とうにゅう</small>		豆漿
目玉焼き <small>めだまやき</small>		荷包蛋
肉まん <small>にく</small>		肉包
ミルクティー		奶茶
蝦巻き <small>えびまき</small>		蝦巻

Note

第 11 課　私は台湾料理が好きです

	【単語】			CD2-15

⑤	たいわんりょうり	台湾料理	[名]	台灣菜
④	にほんりょうり	日本料理	[名]	日本菜
③	なっとう	納豆	[名]	納豆
①	マンゴー		[名]	芒果（英 mango）
⓪	てんぷら	天ぷら	[名]	油炸食品
⓪	さかな	魚	[名]	魚
③	さしみ	刺身	[名]	生魚片
③	ハンバーガー		[名]	漢堡 （英 hamburger）
①	ラーメン		[名]	拉麵
②	うた	歌	[名]	歌
⓪	タバコ		[名]	香煙（葡 tabaco）
②	におい	匂い	[名]	味道
⓪	すうがく	数学	[名]	數學
⓪	すいえい	水泳	[名]	游泳
②	スポーツ		[名]	運動（英 sports）
①	サッカー		[名]	足球（英 soccer）

② いけばな	生け花	[名]	插花
⓪ おどり	踊り	[名]	舞蹈
① ドイツ		[名]	德國（德 Deutsch）
⓪ フランス		[名]	法國（英 France）
⓪ かんさいべん	関西弁	[名]	關西方言
⓪ おくじょう	屋上	[名]	屋頂
① うみ	海	[名]	海、海洋
⓪ こうえん	公園	[名]	公園
⓪ ピアノ		[名]	鋼琴（義 piano）
② おと	音	[名]	聲音
① おんがく	音楽	[名]	音樂
④ わらいごえ	笑い声	[名]	笑聲
④ あしおと	足音	[名]	腳步聲
⓪ かいわ	会話	[名]	會話
③ クラシック		[名]	古典音樂 （英 classic）
① ジャズ		[名]	爵士樂（英 jazz）
① ロック		[名]	搖滾樂（英 rock）
② なみ	波	[名]	波浪
⓪ てつどう	鉄道	[名]	鐵路
① チャイム		[名]	鐘聲（英 chime）
④ バレーボール		[名]	排球（英 volleyball）

⓪	こくご	国語 _{こくご}	[名]	國語
①	たいいく	体育 _{たいいく}	[名]	體育
⑤	がんばります （がんばる）	頑張ります _{がんば} （頑張る _{がんば}）	[動Ⅰ]	努力
④	わかります（わかる）	分かります（分かる） _わ _わ	[動Ⅰ]	懂；知道
③	できます（できる）		[動Ⅱ]	能；會
③	みえます（みえる）	見えます（見える） _み _み	[動Ⅱ]	看得到
④	きこえます （きこえる）	聞こえます _き （聞こえる _き）	[動Ⅱ]	聽得到
④	すばらしい	素晴らしい _{すば}	[イ形]	很美的、很了不起的
⓪	あまい	甘い _{あま}	[イ形]	甜的
②	からい	辛い _{から}	[イ形]	辣的
③	うるさい		[イ形]	麻煩的、囉嗦的
②	すき（な）	好き（な） _す	[ナ形]	喜歡的、喜愛的
⓪	きらい（な）	嫌い（な） _{きら}	[ナ形]	討厭的
③	じょうず（な）	上手（な） _{じょうず}	[ナ形]	很行的、高明的
②	へた（な）	下手（な） _{へた}	[ナ形]	不擅長的、笨拙
①	へん（な）	変（な） _{へん}	[ナ形]	奇怪的；異樣的
①	けち（な）		[ナ形]	小氣的、吝嗇的
②	むせきにん（な）	無責任（な） _{むせきにん}	[ナ形]	沒責任感的
⓪	ぜんぜん	全然 _{ぜんぜん}	[副]	完全（不） （後接否定表現）

1	よく		[副]	經常；仔細地
4	ときどき	時々	[副]	偶爾、有時候
0	ほんとうに	本当に	[副]	實在、真的
2	しかし		[接續]	但是
	～ご	～語	[接尾]	話
0	はやし	林	[姓]	林
0	わたなべ	渡辺	[姓]	渡邊

【文型】

1. [N₁]は　[N₂]が　好き／嫌いです。

2. [N₁]は　[N₂]が　上手／下手です。

3. [N₁]は　[N₂]が　分かります。

4. [N₁]から　[N₂]が　見えます。

5. [N₁]から　[N₂]が　聞こえます。

【用例】　　　　　　　　　　　　　　　🔵 CD2-16

1. 私は　台湾料理が　好きです。

2. 私は　タバコの　匂いが　嫌いです。

3. 李さんは　生け花が　上手ですね。
   ええ、生け花が　好きですから。

4. 張さんは　水泳が　できますか。
   いいえ、全然　できません。

5. 李さんは　ドイツ語が　分かりますか。
   はい、少し　分かります。

6. 屋上から　何が　見えますか。
   海が　見えます。

7. 隣の　部屋から　ピアノの　音が　聞こえます。

基礎日本語

【会話一】　🎵 CD2-17

林：陳さんは　日本料理が　好きですか。

陳：はい、好きです。

林：何が　一番　好きですか。

陳：そうですね。寿司が　一番　好きです。よく　友達と　一緒に
　　食べます。

林：嫌いな　食べ物が　ありますか。

陳：ええ、納豆が　嫌いです。匂いが　変ですから。

【会話二】　🎵 CD2-18

渡辺：休みの　日に　何を　しますか。

李　：家で　テレビを　見ます。

渡辺：スポーツは　しますか。

李　：いいえ、しません。スポーツは　あまり　好きではありませんから。

【会話三】　🎵 CD2-19

田中：きれいですね。ここから　海が　見えます。

陳　：そうですね。時々　波の　音が　聞こえます。

田中：本当に　素晴らしいですね。

【練習問題】

1. 語句を入れ替えて練習しなさい。

(1) 私は　台湾料理が　好きです。

①バナナ　　　　②天ぷら　　　　③ハンバーガー　④魚

(2) 私は　甘いものが　嫌いです。

①辛いもの　　　②納豆　　　　　③タバコの匂い　④お酒

(3) 李さんは　数学が　上手です。

① 歌　　　　　　②スポーツ　　　③生け花　　　　④コンピュータ

(4) 渡辺さんは　絵が　下手です。

① 料理　　　　　②踊り　　　　　③フランス語　　④英語の会話

(5) 陳さんは　英語が　分かります。

①フランス語　　②日本語　　　　③台湾語　　　　④関西弁

(6) ここから　海が　見えます。

①鉄道　　　　　②図書館　　　　③山　　　　　　④台南駅

(7) 隣の　部屋から　音楽が　聞こえます。

①笑い声　　　　②足音　　　　　③ピアノの　音　④テレビの　音

2. 例のように答えを練習しなさい

例：あなたは　刺身が　好きですか。（はい）

　　→はい、刺身が　好きです。

　　あなたは　刺身が　好きですか。（いいえ、あまり）

　　→いいえ、あまり　好きではありません。

(1) あなたは　ラーメンが　好きですか。（はい）

　　→＿＿＿＿＿＿＿＿＿＿＿＿＿＿＿＿＿＿＿＿＿＿＿＿＿＿

(2) 陳さんは　コンピュータが　上手ですか。（いいえ、あまり）

　　→＿＿＿＿＿＿＿＿＿＿＿＿＿＿＿＿＿＿＿＿＿＿＿＿＿＿

(3) 田中さんは　韓国語が　分かりますか。（いいえ、全然）

　　→＿＿＿＿＿＿＿＿＿＿＿＿＿＿＿＿＿＿＿＿＿＿＿＿＿＿

(4) あなたの　部屋から　山が　見えますか。（はい）

　　→＿＿＿＿＿＿＿＿＿＿＿＿＿＿＿＿＿＿＿＿＿＿＿＿＿＿

(5) 研究室から　電車の　音が　聞こえますか。（いいえ、あまり）

　　→＿＿＿＿＿＿＿＿＿＿＿＿＿＿＿＿＿＿＿＿＿＿＿＿＿＿

3. 自己紹介をしなさい。

　　私は＿＿＿＿＿です。大学の＿＿＿＿＿です。＿＿＿＿＿が　好きです。

毎日＿＿＿＿＿を　勉強します。＿＿＿＿＿の　先生は　とても＿＿＿＿＿

人です。

　　しかし、わたしは＿＿＿＿＿の　会話が＿＿＿＿＿です。これから　頑

張ります。

4. 次の質問に答えなさい。

例：あなたは　どんな　音楽が　好きですか。

（クラシック、ジャズ、ロック）

→<u>ジャズが　好きです。</u>

(1) あなたは　どんな　果物が　好きですか。

（バナナ、りんご、マンゴー）

→ _____

(2) あなたは　どんな　人が　嫌いですか。

（けちな　人、うるさい　人、無責任な　人）

→ _____

あなたは　どんな　スポーツが　上手ですか。

（水泳、バレーボール、テニス）

→ _____

(3) あなたは　どんな　科目が　下手ですか。

（数学、国語、体育）

→ _____

【文法説明】

1. [N]が　好き／嫌い／上手／下手です。

例：野球が　好きです。（喜愛棒球。）

　　納豆が　嫌いです。（討厭納豆。）

　　コンピュータが　上手です。（電腦很行。）

　　数学が　下手です。（數學很不擅長。）

「が」助詞，用來表示喜歡、討厭、擅長或不擅長的對象。

2. 少し／あまり／全然

例：少し　分かります。（懂一點點。）

　　少し　寒いです。（有一點冷。）

　　あまり　好きではありません。（不太喜歡。）

　　あまり　飲みません。（不常喝。）

　　全然　できません。（完全不會。）

　　全然　面白くないです。（很無趣；很不好看。）

　　「少し／あまり／全然」這些副詞用來表示程度，後面可以接形容詞或是動詞。「少し」常用在肯定敘述的前面，表示其程度很小。「あまり」「全然」常用在否定敘述的前面，「あまり」表示其程度不高，相當於「不太……」「不很……」；「全然」則表示「完全不……」的意思。

3. 句子＋から

例：納豆が　嫌いです。匂いが　変ですから。

（討厭納豆，因為味道很怪。）

スポーツは　しません。あまり　好きではありませんから。

（不作運動，因為不太喜歡。）

「から」前面的敘述就是它的原因、理由。也就是先說想法，再表達其理由。

4. よく／時々

例：よく　食べます。（經常吃。）

時々　食べます。（有時候吃。）

「よく、時々」都是副詞，可放在動詞的前面，表示經常如此或有時候如此。

5. [N]が　見えます／聞こえます。

例：海が　見えます。（看得見海。）

波の　音が　聞こえます。（聽得到波浪聲。）

上述例子是表示自然而然如此，常用在表達眼前所見所聞，與人的能力無關。

電腦相關單字

日本語		中国語
アニメ		卡通
チャット		線上聊天
Ｅメール		電子郵件
インターネット		網路
オンラインゲーム		線上遊戲
テレビゲーム		電視遊樂器

Note

第 12 課　昨日は暑かったです

1 あめ	雨	[名]	雨
2 ゆき	雪	[名]	雪
3 くもり	曇り	[名]	陰天
0 はれ	晴れ	[名]	晴天
3 やすみ	休み	[名]	休假、休息
0 りょこう	旅行	[名]	旅行
1 コンサート		[名]	演奏會（英concert）
2 しけん	試験	[名]	考試
2 ステーキ		[名]	牛排（英 steak）
1 はたち		[名]	二十歲
4 あたたかい	暖かい	[イ形]	溫暖的、暖和的
3 すずしい	涼しい	[イ形]	涼爽的、涼快的
2 ひろい	広い	[イ形]	寬闊的、大的
2 せまい	狭い	[イ形]	狹小的、狹窄的
3 たのしい	楽しい	[イ形]	愉快的、快樂的
0 かるい	軽い	[イ形]	輕的
0 おもい	重い	[イ形]	重的
3 やさしい	易しい	[イ形]	簡單的

② ながい	長い	[イ形]	長的
③ みじかい	短い	[イ形]	短的
② おおい	多い	[イ形]	多的
③ すくない	少ない	[イ形]	少的
② つよい	強い	[イ形]	強的
② よわい	弱い	[イ形]	弱的
① しんせつ（な）	親切（な）	[ナ形]	親切的
⓪ かんたん（な）	簡単（な）	[ナ形]	簡單的
① げんき（な）	元気（な）	[ナ形]	有精神、有朝氣的
⓪ たいへん（な）	大変（な）	[ナ形]	辛苦的
① まだ		[副]	還、尚
⓪ きゅうに	急に	[副]	突然
〜さい	〜歳	[接尾]	〜歳

| ところで | | 對了（轉換話題時用） |
| いつか　いきたいです | いつか　行きたいです | 希望將來有一天能去 |

【文型】

1. [N]は　Aかったです。
   [N]は　Aくありませんでした。（Aくなかったです）

2. [N]は　[Na]でした。
   [N]は　[Na]ではありませんでした。
   　　　　　（じゃ）

3. [N₁]は　[N₂]でした。
   [N₁]は　[N₂]ではありませんでした。
   　　　　　（じゃ）

4. [N]は　[Aい]でしょう。
   [N₁]は　[N₂]でしょう。

5. [N]は　Aく　なります。／ました。
   [N]は　[Na]に　なります。／ました。
   [N₁]は　[N₂]に　なります。／ました。

1. 昨日<ruby>昨日<rt>きのう</rt></ruby>は　<ruby>寒<rt>さむ</rt></ruby>かったですか。

　　—はい、<ruby>寒<rt>さむ</rt></ruby>かったです。

　　—いいえ、<ruby>寒<rt>さむ</rt></ruby>くありませんでした。

　　　　　　（<ruby>寒<rt>さむ</rt></ruby>くなかったです。）

2. あの<ruby>人<rt>ひと</rt></ruby>は　<ruby>親切<rt>しんせつ</rt></ruby>でしたか。

　　—はい、<ruby>親切<rt>しんせつ</rt></ruby>でした。

　　—いいえ、<ruby>親切<rt>しんせつ</rt></ruby><u>では</u>ありませんでした。

　　　　　　　（じゃ）

3. <ruby>昨日<rt>きのう</rt></ruby>は　<ruby>雨<rt>あめ</rt></ruby>でしたか。

　　—はい、<ruby>雨<rt>あめ</rt></ruby>でした。

　　—いいえ、<ruby>雨<rt>あめ</rt></ruby><u>では</u>ありませんでした。

　　　　　　　（じゃ）

4. <ruby>明日<rt>あした</rt></ruby>は　<ruby>寒<rt>さむ</rt></ruby>いでしょう。

5. <ruby>明日<rt>あした</rt></ruby>は　いい　<ruby>天気<rt>てんき</rt></ruby>でしょう。

6. <ruby>明日<rt>あした</rt></ruby>から　<ruby>暑<rt>あつ</rt></ruby>く　なります。

7. <ruby>母<rt>はは</rt></ruby>は　<ruby>元気<rt>げんき</rt></ruby>に　なりました。

8. <ruby>山田<rt>やまだ</rt></ruby>さんは　<ruby>二十歳<rt>はたち</rt></ruby>に　なりました。

【会話】

李：こんにちは。今日は　暑いですね。

林：そうですね。昨日は　まだ　涼しかったですが、急に　暑く　なり

　　ましたね。

李：ええ。ところで、林さん、連休は　どうでしたか。

林：とても　楽しかったです。

李：どこかへ　行きましたか。

林：はい、日本へ　行きました。

李：天気は　どうでしたか。

林：よかったですが、ちょっと　寒かったです。

李：日本の　ホテルは　どうでしたか。

林：日本の　ホテルは　とても　きれいでした。ホテルの　人も

　　親切でしたよ。

李：そうですか。私も　いつか　行きたいですね。

【練習問題】

1. 反対の意味の形容詞を（　　　　　）に記入しなさい。

例：おおきい　⇔　（　ちいさい　）

（　　　　　　　）⇔　おおい　（　　　　　　　）⇔　ながい

（　　　　　　　）⇔　つよい　（　　　　　　　）⇔　むずかしい

（　　　　　　　）⇔　かるい　（　　　　　　　）⇔　ひろい

2. イ形容詞・ナ形容詞・名詞の過去形・過去否定形を書きなさい。

	過去形	過去否定形
涼^{すず}しいです	＿＿＿＿＿＿＿＿	＿＿＿＿＿＿＿＿＿＿＿
楽^{たの}しいです	＿＿＿＿＿＿＿＿	＿＿＿＿＿＿＿＿＿＿＿
きれいです	＿＿＿＿＿＿＿＿	＿＿＿＿＿＿＿＿＿＿＿
元気^{げんき}です	＿＿＿＿＿＿＿＿	＿＿＿＿＿＿＿＿＿＿＿
曇^{くも}りです	＿＿＿＿＿＿＿＿	＿＿＿＿＿＿＿＿＿＿＿
休^{やす}みです	＿＿＿＿＿＿＿＿	＿＿＿＿＿＿＿＿＿＿＿

3. 語句を入れ替えて練習しなさい。

(1) 明日^{あした}は　雨^{あめ}でしょう。

①雪^{ゆき}　　②曇^{くも}り　　③晴^はれ　　④休^{やす}み　　⑤暖^{あたた}かい

(2) 寒く　なりました。

　　①涼しい　　②うるさい　　③少ない　　④多い　　⑤汚い

(3) 便利に　なりました。

　　①元気　　②有名　　③簡単　　④先生　　⑤ 25 歳

4. 語句を入れ替えて練習しなさい。

(1) 昨日は　寒かったですか。

　　はい、寒かったです。

　　いいえ、寒くありませんでした。　（寒くなかったです。）

　　①先週・忙しい　　　　　　　②旅行・楽しい
　　③去年の夏・涼しい　　　　　④コンサート・いい
　　⑤公園・人が多い

(2) （例 1）あの人は　親切でしたか。

　　　　　　はい、親切でした。

　　　　　　いいえ、親切ではありませんでした。

　　（例 2）昨日は　雨でしたか。

　　　　　　はい、雨でした。

　　　　　　いいえ、雨ではありませんでした。

　　①試験・簡単　　　　　　　②日本語の勉強・大変
　　③あの店・きれい　　　　　④このレストラン・休み
　　⑤おととい・曇り

5. 次の質問に答えなさい。

例：天気は　どうでしたか。（よくない）

　　→よくなかったです。

(1) 英語の　授業は　どうでしたか。（あまり　面白くない）

　　→ _____

(2) 日本料理は　どうでしたか。（とても　おいしい）

　　→ _____

(3) 数学の　試験は　どうでしたか。（とても　簡単）

　　→ _____

6. 例を見て、文を作りなさい。

例1：日本の　天気・いい

　　Ａ：日本の　天気は　よかったですか。

　　Ｂ：いいえ、日本の　天気は　よくありませんでした。

例2：王さん・元気

　　Ａ：王さんは　元気でしたか。

　　Ｂ：いいえ、元気ではありませんでした。

(1) あの　レストランの　料理・おいしい

　　Ａ： _____

　　Ｂ： _____

(2) 昨日の　パーティー・楽しい

　　Ａ： _____

　　Ｂ： _____

(3) 日本語の　試験・簡単

    A：＿＿＿＿＿＿＿＿＿＿＿＿＿＿＿＿＿＿＿＿＿＿＿＿

    B：＿＿＿＿＿＿＿＿＿＿＿＿＿＿＿＿＿＿＿＿＿＿＿＿

(4) スーパーの　仕事・大変

    A：＿＿＿＿＿＿＿＿＿＿＿＿＿＿＿＿＿＿＿＿＿＿＿＿

    B：＿＿＿＿＿＿＿＿＿＿＿＿＿＿＿＿＿＿＿＿＿＿＿＿

7. 例を見て、文を作りなさい。

  例：明日・暖かい

    →明日は　暖かいでしょう。

(1) この　レストランの　ステーキ・高い

    →＿＿＿＿＿＿＿＿＿＿＿＿＿＿＿＿＿＿＿＿＿＿＿＿

(2) 木曜日・いい　天気

    →＿＿＿＿＿＿＿＿＿＿＿＿＿＿＿＿＿＿＿＿＿＿＿＿

(3) 来週・晴れ

    →＿＿＿＿＿＿＿＿＿＿＿＿＿＿＿＿＿＿＿＿＿＿＿＿

8. 例を見て、文を作りなさい。

  例 1：子ども・大きいです

    →子どもは　大きく　なりました。

  例 2：町・静かです

    →町は　静かに　なりました。

(1) あの 人<ruby>ひと</ruby>・きれいです

→ _____

(2) 日本語<ruby>にほんご</ruby>の 授業<ruby>じゅぎょう</ruby>・難<ruby>むずか</ruby>しいです

→ _____

(3) この 辞書<ruby>じしょ</ruby>・古<ruby>ふる</ruby>いです

→ _____

(4) 買<ruby>か</ruby>い物<ruby>もの</ruby>・便利<ruby>べんり</ruby>です

→ _____

【文法説明】

1. **[N]**　は**[A]**かったです。

　　[N]　は**[A]**くありませんでした。

　　　（**[A]**くなかったです）

	現在形、未来形	過 去 形
肯　定	<ruby>暑<rt>あつ</rt></ruby>いです	<ruby>暑<rt>あつ</rt></ruby>かったです
否　定	<ruby>暑<rt>あつ</rt></ruby>くありません <ruby>暑<rt>あつ</rt></ruby>くないです	<ruby>暑<rt>あつ</rt></ruby>くありませんでした <ruby>暑<rt>あつ</rt></ruby>くなかったです

「イ形容詞」的過去形去掉語尾的「い」後再加「かったです」。

　　<ruby>暑<rt>あつ</rt></ruby>い<u>い</u>です　→　<ruby>暑<rt>あつ</rt></ruby>かったです

「イ形容詞」的否定的過去形有兩種。

　　<ruby>暑<rt>あつ</rt></ruby>くありません　→　<u><ruby>暑<rt>あつ</rt></ruby>くありませんでした</u>

　　<ruby>暑<rt>あつ</rt></ruby>くないです　→　<u><ruby>暑<rt>あつ</rt></ruby>くなかったです</u>

2. **[N]**は　**[Na]**でした。

　　[N₁]は　**[N₂]**でした。

　　[N]は　**[Na]**ではありませんでした。

　　[N₁]は　**[N₂]**ではありませんでした。

	現在形、未来形	過 去 形
肯　定	（ナ形）<ruby>元気<rt>げんき</rt></ruby>です （名）　<ruby>雨<rt>あめ</rt></ruby>です	<ruby>元気<rt>げんき</rt></ruby>でした <ruby>雨<rt>あめ</rt></ruby>でした
否　定	<ruby>元気<rt>げんき</rt></ruby>ではありません <ruby>雨<rt>あめ</rt></ruby>ではありません	<ruby>元気<rt>げんき</rt></ruby>ではありませんでした <ruby>雨<rt>あめ</rt></ruby>ではありませんでした

「ナ形容詞」、名詞的過去形將「です」改為「でした」即可。

にぎやか<u>です</u>　→　にぎやか<u>でした</u>

休_{やす}み<u>です</u>　→　休_{やす}み<u>でした</u>

「ナ形容詞」、名詞的過去否定形以「では（じゃ）ありませんでした」表示。

にぎやか<u>ではありません</u>　→　にぎやか<u>ではありませんでした</u>

休_{やす}み<u>ではありません</u>　→　休_{やす}み<u>ではありませんでした</u>

3. [N]は　[A い]でしょう。

　　[N₁]は　[N₂]でしょう。

　　例：明日_{あした}の　試験_{しけん}は　難_{むずか}しいでしょう。

　　　　（明天的考試大概很難吧。）

　　　　あの　スーパーは　休_{やす}みでしょう。

　　　　（那間超市大概休息吧。）

　　「でしょう」為斷定助動詞「です」的推測形。「…でしょう」表示說話者進行推測的心情。

4. [N]は　Aく　なります。

　　[N]は　[Na]に　なります。

　　[N₁]は　[N₂]に　なります。

　　例：明日_{あした}から　寒_{さむ}く　なります。

　　　　（從明天開始變冷。）

　　　　日本語_{にほんご}が　上手_{じょうず}に　なりました。

　　　　（日文變厲害了。）

山田さんは　二十歳に　なりました。
（山田小姐二十歳了。）

　「なります」是表示狀態的變化的動詞。「イ形容詞」加「なります」，將語尾的「い」改成「く」，再加「なります」。名詞與「ナ形容詞」加「なります」，則加「に」後再加「なります」即可。

晴天娃娃＆雨天娃娃

　在日本祈求不要下雨會掛上「てるてるぼうず（晴天娃娃）」，口中則唸著「てるてるぼうず明日天気にしておくれ」。如果祈求下雨的話，就倒吊娃娃，叫做「ふれふれぼうず（雨天娃娃）」。

附 錄

【台灣簡易地圖】

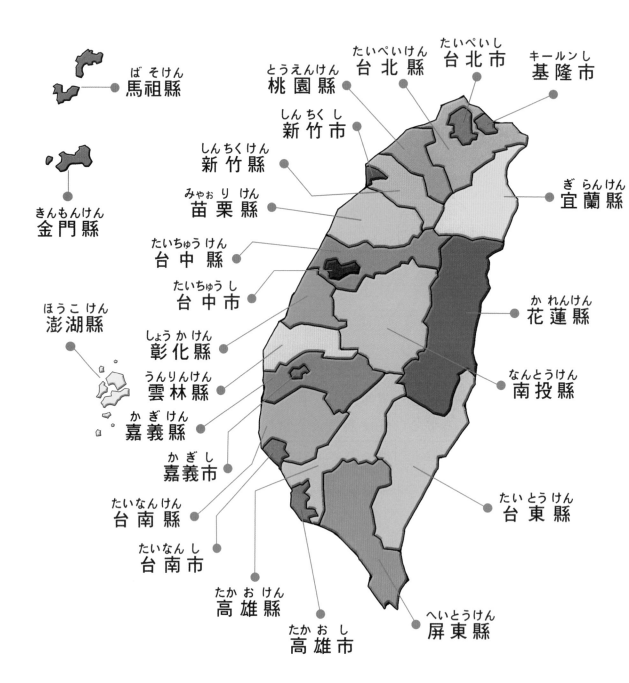

【 台 灣 觀 光 景 點 】

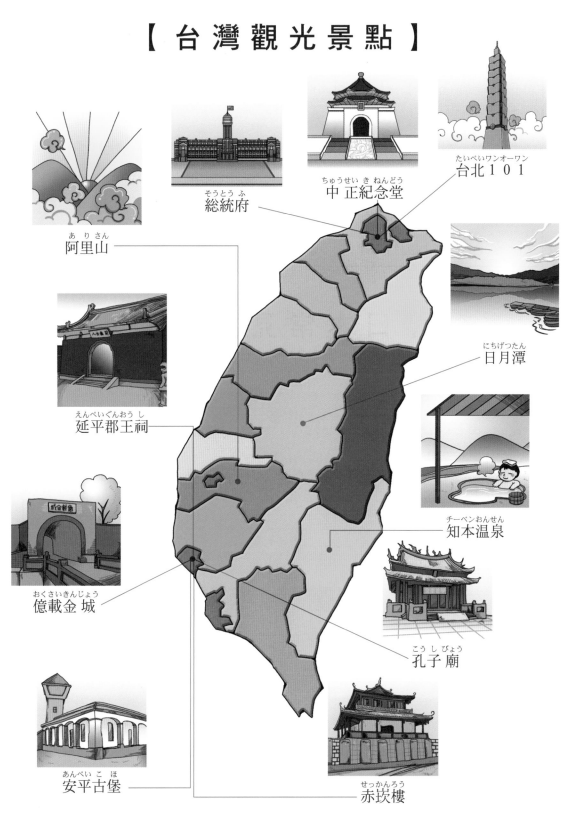

そうとう ふ
総統府

ちゅうせい き ねんどう
中正紀念堂

たいぺいワンオーワン
台北１０１

あ りさん
阿里山

にちげつたん
日月潭

えんぺいぐんおう し
延平郡王祠

チーベンおんせん
知本温泉

おくさいきんじょう
億載金城

こう し びょう
孔子廟

あんぺいこ ほ
安平古堡

せっかんろう
赤崁樓

【 台 灣 常 見 姓 氏 】

王 おう	翁 おう	何 か	郭 かく	簡 かん	顏 がん	魏 ぎ	邱 きゅう	許 きょ	胡 こ
吳 ご	江 こう	洪 こう	高 こう	黃 こう	蔡 さい	施 し	謝 しゃ	朱 しゅ	周 しゅう
徐 じょ	蕭 しょう	鍾 しょう	沈 しん	詹 せん	蘇 そ	宋 そう	莊 そう	曾 そう	孫 そん
戴 たい	張 ちょう	趙 ちょう	陳 ちん	鄭 てい	馮 ひょう	彭 ほう	馬 ま	余 よ	葉 よう
楊 よう	羅 ら	賴 らい	李 り	劉 りゅう	梁 りょう	廖 りょう	林 りん	呂 ろ	盧 ろ

【 日 本 常 見 姓 氏 】

青木 あおき	阿部 あべ	池田 いけだ	石井 いしい	石川 いしかわ
佐藤 さとう	井上 いのうえ	遠藤 えんどう	太田 おおた	加藤 かとう
木村 きむら	小林 こばやし	小山 こやま	斉藤 さいとう	坂本 さかもと
佐々木 ささき	伊藤 いとう	清水 しみず	鈴木 すずき	田中 たなか
高橋 たかはし	中川 なかがわ	中島 なかじま	中村 なかむら	西村 にしむら
野田 のだ	野村 のむら	橋本 はしもと	長谷川 はせがわ	林 はやし
福田 ふくだ	藤井 ふじい	藤田 ふじた	藤原 ふじわら	前田 まえだ
松田 まつだ	松本 まつもと	三浦 みうら	宮島 みやじま	村上 むらかみ
森田 もりた	森 もり	山口 やまぐち	山崎 やまさき	山下 やました
山田 やまだ	山本 やまもと	吉田 よしだ	吉村 よしむら	横田 よこた

【 系 所 名 稱 】

工学部	工學院
電子工学科／研究科	電子工程系所
電気工学科／研究科	電機工程系所
機械工学科／研究科	機械工程系所
化学・材料工学科／研究科	化學工程與材料工程系所
生物工学（バイオ・テクノロジー）科／研究科	生物科技系所
情報工学科／研究科	資訊工程系所
大学院機械電子工学専攻（博士課程）	機電科技研究所博士班
電気光学科／研究科	光電工程系所
大学院通信工学研究科	通訊工程研究所
大学院ナノテクノロジー研究科	奈米科技研究所
商学部	商學院
国際企業学科／研究科	國際企業系所
会計情報学科／研究科	會計資訊系所
大学院財務・経済・法学修士コース	財經法律研究所
財務金融学科／研究科	財務金融系所
経営学部	管理學院
情報管理学科／研究科	資訊管理系所
経営学科／研究科	企業管理系所
マーケティング・流通学科／研究科	行銷與流通系所
大学院工業マネージメント工学研究科	工業管理研究所

経営・情報学科	管理與資訊系
観光経営学科／研究科	休閒事業管理系所
ＥＭＢＡ	高階主管企業碩士班
ホスピタリティ・マネージメント学科	餐旅管理系
大学院テクノロジー・マネージメント研究科	科技管理研究所
ＡＭＢＡ	商管專業學院碩士班
人文社会学部	**人文社會學院**
応用英語学科／研究科	應用英語系所
応用日本語学科／研究科	應用日語系所
幼児保育学科	幼兒保育系
教員養成センター	師資培育中心
言語センター	語言中心
体育教育センター	體育教育中心
中国語センター	漢語中心
大学院技術教育・人的資源経営修士コース	技職教育與人力資源發展研究所
デジタルデザイン学部	**數位設計學院**
情報コミュニケーション学科／研究科	資訊傳播系所
ビジュアルデザイン（視覚伝達）学科	視覺傳達設計系
マルチメディア・ゲーム開発学科／研究科	多媒體與遊戲發展科學系所
大学院デジタルコンテンツ・アニメーションデザイン修士コース	數位內容與動畫設計研究所

研　究 センター	研　究　中　心
電気光学・半導体研 究センター でん き こうがく　　はんどうたいけんきゅう	光電半導體中心
ナノテクノロジー研 究センター けんきゅう	奈米研究中心
共 通 教 養 センター きょうつうきょうよう	通 識 教 育 中 心

【 歳 數 的 說 法 】

一歳／ひとつ いっさい	十 一歳 じゅういっさい	三 十 歳 さんじゅっさい
二歳／ふたつ に さい	十 二歳 じゅう に さい	四 十 歳 よんじゅっさい
三歳／みっつ さんさい	十 三歳 じゅうさんさい	五 十 歳 ご じゅっさい
四歳／よっつ よんさい	十 四歳 じゅうよんさい	六 十 歳 ろくじゅっさい
五歳／いつつ ご さい	十 五歳 じゅう ご さい	七 十 歳 ななじゅっさい
六歳／むっつ ろくさい	十 六歳 じゅうろくさい	八 十 歳 はちじゅっさい
七歳／ななつ ななさい	十 七歳 じゅうななさい	九 十 歳 きゅうじゅっさい
八歳／やっつ はっさい	十 八歳 じゅうはっさい	百 歳 ひゃくさい
九歳／ここのつ きゅうさい	十 九 歳 じゅうきゅうさい	何歳ですか なんさい
十歳／とお じゅっさい	二十歳 は た ち	おいくつですか

【 親 族 稱 謂 對 照 表 】

稱呼別人親屬

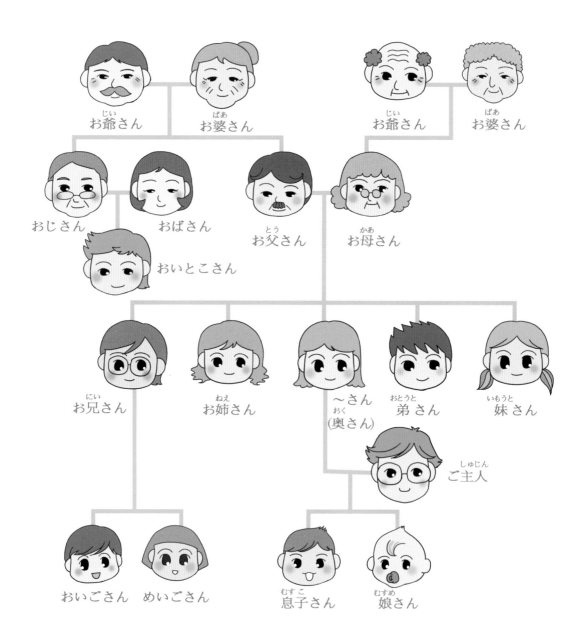

對別人稱呼自己親屬

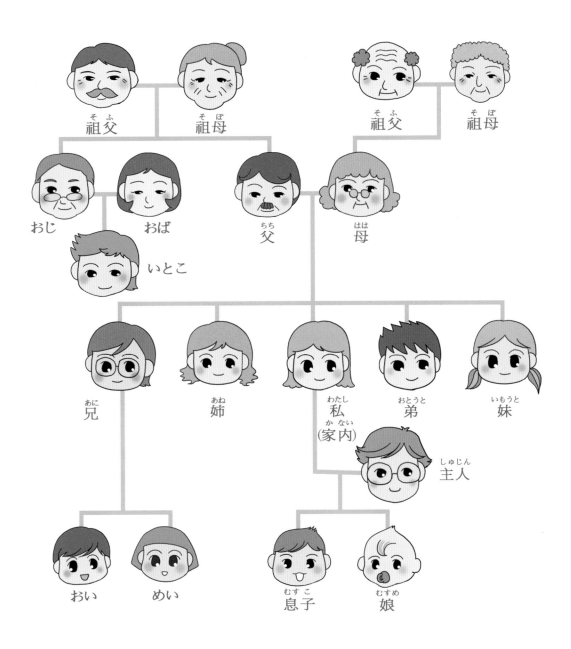

そ ふ
祖父

そ ぼ
祖母

そ ふ
祖父

そ ぼ
祖母

おじ

おば

ち ち
父

は は
母

いとこ

あに
兄

あね
姉

わたし
私
か ない
(家内)

おとうと
弟

いもうと
妹

しゅじん
主人

おい

めい

むすこ
息子

むすめ
娘

【 台 灣 常 見 水 果 】

いちご	苺	草莓
かき	柿	柿子
きんかん	金柑	金桔
グアバ		番石榴
しゃかとう		釋迦
すいか	西瓜	西瓜
スターフルーツ		楊桃
すもも	李	李子
トマト		蕃茄
ドラゴンフルーツ		火龍果
なし	梨	梨子
なつめ	棗	棗子
パイナップル		鳳梨
パッションフルーツ		百香果
バナナ		香蕉
パパイヤ		木瓜
びわ	枇杷	枇杷
ぶどう	葡萄	葡萄
ぶんたん	文旦	文旦
マンゴー		芒果
みかん	蜜柑	橘子
メロン		洋香瓜
もも	桃	水蜜桃
ライチー／れいし		荔枝
レンブー／ワックスアップル		蓮霧
りゅうがん	竜眼	龍眼
りんご		蘋果
レモン		檸檬

索引

―あ―

あき（秋）	7
あさ（朝）	8
あさごはん（朝ご飯）	10
あさって	9
あじ（味）	7
あしおと（足音）	11
あした（明日）	7
あそこ	4
あたたかい（暖かい）	12
あたらしい（新しい）	7
あちら	4
あつい（暑い）	7
あなた	2
あの	6
アパート	7
あまい（甘い）	11
あまり	7
あめ（雨）	12
アメリカ	2
アメリカじん（アメリカ人）	2
ある	5
あるいて　いきます（歩いて　行きます）	9
あれ	3

―い―

いい	7
いいえ	2
いいですね	10
いきます（行きます）	9
いくつ	6
いくら	6
いけばな（生け花）	11
いす	5
いそがしい（忙しい）	7
いつ	8
いつか　いきたいです（いつか　行きたいです）	12
いっかい（一階）	5
いっしょに（一緒に）	10
いってきます（行ってきます）	9
いって（い）らっしゃい	9
いぬ（犬）	5
いま（今）	8
いもうと（妹）	10
いらっしゃいませ	6
いる	5
インドじん（インド人）	10
インドネシア	4

―う―

うえ（上）	5
うしろ（後ろ）	5
うた（歌）	11
うち（家）	5
うちへ　きませんか（家へ　来ませんか）	9
うみ（海）	11

うるさい　　　　　　　　　　11

—え—

えいが（映画）　　　　　　　7
えいがかん（映画館）　　　　10
えいご（英語）　　　　　　　2
エレベーター　　　　　　　　4
えん（～円）　　　　　　　　6
えんぴつ（鉛筆）　　　　　　3

—お—

おいしい　　　　　　　　　　7
おう（王）　　　　　　　　　2
おおい（多い）　　　　　　　12
おおきい（大きい）　　　　　7
おかし（お菓子）　　　　　　5
おきなわ（沖縄）　　　　　　9
おきます（起きます）　　　　9
おくじょう（屋上）　　　　　11
おさけ（お酒）　　　　　　　10
おさら（御皿）　　　　　　　5
おちゃ（お茶）　　　　　　　6
おつかれさま（お疲れ様）　　10
おてあらい（お手洗い）　　　4
おと（音）　　　　　　　　　11
おととい　　　　　　　　　　9
おととし　　　　　　　　　　9
おどり（踊り）　　　　　　　11
おなかが　すきました　　　　10
おもい（重い）　　　　　　　12
おもしろい（面白い）　　　　7
およぎます（泳ぎます）　　　10

オレンジ　　　　　　　　　　6
おんがく（音楽）　　　　　　11
おんがくかい（音楽会）　　　8

—か—

かいぎ（会議）　　　　　　　8
かいしゃ（会社）　　　　　　4
かいしゃいん（会社員）　　　2
かいだん（階段）　　　　　　4
かいものします（買い物します）10
かいわ（会話）　　　　　　　11
かいます（買います）　　　　10
かえります（帰ります）　　　9
かきます（書きます）　　　　10
がくせい（学生）　　　　　　2
かさ（傘）　　　　　　　　　3
かぞく（家族）　　　　　　　9
かた（方）　　　　　　　　　6
がっか（学科）　　　　　　　4
がっこう（学校）　　　　　　4
かのじょ（彼女）　　　　　　9
かばん　　　　　　　　　　　3
かみ（紙）　　　　　　　　　6
カメラ　　　　　　　　　　　3
かようび（火曜日）　　　　　8
からい（辛い）　　　　　　　11
かるい（軽い）　　　　　　　12
かれ（彼）　　　　　　　　　9
カレーライス　　　　　　　　10
かんこく（韓国）　　　　　　3
かんこくじん（韓国人）　　　2
かんさいべん（関西弁）　　　11

かんたん（な）（簡単（な））　　12
がんばります（頑張ります）　　11

―き―

き（木）　　5
きこう（気候）　　7
きこえます（聞こえます）　　11
きたない（汚い）　　7
きっさてん（喫茶店）　　8
きって（切手）　　6
きのう（昨日）　　9
きます（来ます）　　9
きむら（木村）　　2
きゅうに（急に）　　12
ぎゅうにゅう（牛乳）　　5
きょう（今日）　　7
きょうかしょ（教科書）　　3
きょうしつ（教室）　　4
きょねん（去年）　　9
きらい（な）（嫌い（な））　　11
キリン　　5
きれい（な）　　7
ぎんこう（銀行）　　4
きんようび（金曜日）　　8

―く―

くだもの（果物）　　10
クッキー　　5
くつした（靴下）　　5
くに（国）　　4
くもり（曇り）　　12
クラシック　　11

クラス　　8
クラスメート　　6
くるま（車）　　3

―け―

けいたいでんわ（携帯電話）　　6
ケーキ　　5
けさ（今朝）　　9
けしゴム（消しゴム）　　3
けち（な）　　11
げつようび（月曜日）　　8
げんき（な）（元気（な））　　12
けんきゅうしつ（研究室）　　4

―こ―

～ご（～語）　　11
こうえん（公園）　　11
こうちゃ（紅茶）　　10
こうむいん（公務員）　　2
コーヒー　　4
こくご（国語）　　11
こくさいきぎょう（国際企業）　　2
ここ　　4
ごご（午後）　　7
ごぜん（午前）　　8
こちら　　4
こちらこそ　　2
こども（子供）　　6
ことり（小鳥）　　5
この　　6
こばやし（小林）　　10
ごはん（ご飯）　　10

これ	3	します	10
これから	10	じむしつ（事務室）	4
コンサート	12	しゃしん（写真）	6
こんしゅう（今週）	9	ジャズ	11
こんど（今度）	9	シャツ	5
こんばん（今晩）	10	ジュース	5
コンビニ	5	じゅぎょう（授業）	7
コンピュータ	3	しゅくだい（宿題）	10
		じょうず（な）（上手（な））	11

―さ―

		じょうほうかんり（情報管理）	2
～さい（～歳）	12	しょくいん（職員）	8
ざいむきんゆう（財務金融）	2	しょくどう（食堂）	4
さかな（魚）	11	しんかんせん（新幹線）	9
さしみ（刺身）	11	しんせつ（な）（親切（な））	12
さつ（～冊）	6	しんにゅうせい（新入生）	8
サッカー	11	しんぶん（新聞）	3
ざっし（雑誌）	3		
さむい（寒い）	7		

―す―

サラダ	10	すいえい（水泳）	11
さる（猿）	5	すいようび（水曜日）	8
ざんねんですね（残念ですね）	9	すうがく（数学）	11
		スープ	10

―し―

		すき（な）（好き（な））	11
～じ（～時）	8	スクールバス	9
しかし	11	すくない（少ない）	12
しけん（試験）	12	すし（寿司）	7
しごと（仕事）	8	すしや（寿司屋）	7
じしょ（辞書）	3	すずき（鈴木）	2
しずか（な）（静か（な））	7	すずしい（涼しい）	12
した（下）	5	ずっと	9
じっか（実家）	9	ステーキ	12
じてんしゃ（自転車）	3	すばらしい（素晴らしい）	11

スプーン　　　　　　　　　　5
スポーツ　　　　　　　　　　11
すみません　　　　　　　　　4
する　　　　　　　　　　　　10

―せ―

セール　　　　　　　　　　　8
せっかんろう（赤崁樓）　　　7
せまい（狭い）　　　　　　　12
せんこう（専攻）　　　　　　2
せんしゅう（先週）　　　　　9
せんせい（先生）　　　　　　2
ぜんぜん（全然）　　　　　　11
せんたくき（洗濯機）　　　　10
せんたくします（洗濯します）　10

―そ―

ぞう（象）　　　　　　　　　5
そうじき（掃除機）　　　　　10
そうじします（掃除します）　10
そうですか　　　　　　　　　3
そうですね　　　　　　　　　10
そこ　　　　　　　　　　　　4
そちら　　　　　　　　　　　4
その　　　　　　　　　　　　6
それ　　　　　　　　　　　　3

―た―

タイ　　　　　　　　　　　　4
だい（～台）　　　　　　　　6
たいいく（体育）　　　　　　11
だいがくいんせい（大学院生）　2

だいがくせい（大学生）　　　2
たいなんえき（台南駅）　　　5
たいへん（な）（大変（な））　12
たいわん（台湾）　　　　　　3
たいわんじん（台湾人）　　　2
たいわんりょうり（台湾料理）　11
たかい（高い）　　　　　　　7
たかはし（高橋）　　　　　　10
タクシー　　　　　　　　　　9
たなか（田中）　　　　　　　2
たのしい（楽しい）　　　　　12
タバコ　　　　　　　　　　　11
たべもの（食べ物）　　　　　7
たべます（食べます）　　　　10
たまご（玉子）　　　　　　　10
だれ（誰）　　　　　　　　　3
たんじょうび（誕生日）　　　8

―ち―

ちいさい（小さい）　　　　　7
ちかく（近く）　　　　　　　5
ちち（父）　　　　　　　　　10
チャイム　　　　　　　　　　11
ちゅうごくご（中国語）　　　3
ちゅうごくじん（中国人）　　2
ちょう（張）　　　　　　　　2
ちょっといいですか　　　　　3
ちん（陳）　　　　　　　　　2

―つ―

つくえ（机）　　　　　　　　5
つよい（強い）　　　　　　　12

―て―

て（手）	10
テープ	6
テーブル	5
てがみ（手紙）	10
できます	11
てちょう（手帳）	3
てつどう（鉄道）	11
テニス	10
デパート	5
でも	10
テレビ	6
てんいん（店員）	5
てんき（天気）	7
でんしこうがく（電子工学）	2
でんしゃ（電車）	8
てんぷら（天ぷら）	11
でんわ（電話）	6

―と―

ドイツ	11
どういたしまして	4
とうきょう（東京）	4
どうしますか	10
どうぞ	2
どうですか	7
どうぶつえん（動物園）	5
どうも　ありがとう	3
ときどき（時々）	11
とけい（時計）	4
どこ	4

ところ（所）	7
ところで	12
としょかん（図書館）	4
どちら	4
とても	7
どなた	6
となり（隣）	5
どの	6
ともだち（友達）	9
どようび（土曜日）	8
ドラマ	8
どれ	3
どんな	7

―な―

ナイフ	5
なか（中）	5
ながい（長い）	12
なし（梨）	6
なつ（夏）	7
なっとう（納豆）	11
なつやすみ（夏休み）	9
なみ（波）	11
なん（何）	3
なんがつ（何月）	8
なんじ（何時）	8
なんですか（何ですか）	4
なんにち（何日）	8
なんにん（何人）	6
なんぷん（何分）	8
なんようび（何曜日）	8

―に―

におい（匂い）	11
にかい（二階）	5
にぎやか（な）	7
にちようび（日曜日）	8
にちようびは　ちょっと… （日曜日は　ちょっと…）	9
にほん（日本）	3
にほんご（日本語）	3
にほんご（日本語）	2
にほんじん（日本人）	2
にほんりょうり（日本料理）	11
にわ（庭）	5
にわとり	5
にんぎょう（人形）	5

―ね―

ねこ（猫）	5
ねます（寝ます）	9

―の―

ノート	3
ノートパソコン	6
のみます（飲みます）	10

―は―

はい	2
はい（～杯）	6
バイク	9
はこ（箱）	5
はし（箸）	10

はじめまして（初めまして）	2
パソコン	6
はたち（二十歳）	12
はたらきます（働きます）	10
バナナ	5
はは（母）	10
はやく（早く）	10
はやし（林）	11
はる（春）	7
はれ（晴れ）	12
バレーボール	11
パン	5
ばんごはん（晩ご飯）	10
パンダ	5
ハンバーガー	11

―ひ―

ピアノ	11
ビール	5
ひき（～匹）	6
ひきだし（引き出し）	5
ひくい（低い）	7
ひこうき（飛行機）	9
ひだり（左）	5
ビデオ	6
ひと（人）	5
ひとり（一人）	6
ひま（な）（暇（な））	7
びよういん（美容院）	9
びょういん（病院）	8
ビル	6
ひるごはん（昼ご飯）	10

ひろい（広い）　　　　　　　　12

―ふ―

フィリピン　　　　　　　　　　3
ふうとう（封筒）　　　　　　　5
プール　　　　　　　　　　　　10
フォーク　　　　　　　　　　　5
ぶかつ（部活）　　　　　　　　8
ふじさん（富士山）　　　　　　7
ふたり（二人）　　　　　　　　6
ふね（船）　　　　　　　　　　9
ふゆ（冬）　　　　　　　　　　7
ふゆやすみ（冬休み）　　　　　9
フランス　　　　　　　　　　　11
ふるい（古い）　　　　　　　　7
～ふん・ぷん（～分）　　　　　8
ぶんぼうぐや（文房具屋）　　　9

―へ―

へた（な）（下手（な））　　　11
ベッド　　　　　　　　　　　　5
ベトナム　　　　　　　　　　　4
へや（部屋）　　　　　　　　　5
ペン　　　　　　　　　　　　　3
へん（な）（変（な））　　　　11
べんきょうします（勉強します）10
べんとう（弁当）　　　　　　　10
べんり（な）（便利（な））　　7

―ほ―

ほうそう（放送）　　　　　　　8
ほっかいどう（北海道）　　　　9

ホテル　　　　　　　　　　　　5
ほん（本）　　　　　　　　　　3
ほん（～本）　　　　　　　　　6
ほんとうに（本当に）　　　　　11
ほんや（本屋）　　　　　　　　5

―ま―

まい（～枚）　　　　　　　　　6
まいあさ（毎朝）　　　　　　　9
まいにち（毎日）　　　　　　　9
まいばん（毎晩）　　　　　　　9
まえ（前）　　　　　　　　　　5
まだ　　　　　　　　　　　　　12
また　あとで　　　　　　　　　10
まち（町）　　　　　　　　　　7
マレーシア　　　　　　　　　　3
まんが（漫画）　　　　　　　　10
マンゴー　　　　　　　　　　　11

―み―

みえます（見えます）　　　　　11
みかん　　　　　　　　　　　　5
みぎ（右）　　　　　　　　　　5
みじかい（短い）　　　　　　　12
みず（水）　　　　　　　　　　10
みせ（店）　　　　　　　　　　6
みます（見ます）　　　　　　　10
ミルク　　　　　　　　　　　　10

―む―

むずかしい（難しい）　　　　　7
むせきにん（な）

（無責任（な））　　11

―め―

めがね（眼鏡）　　4
メロン　　6

―も―

もくようび（木曜日）　　8
もん（門）　　5

―や―

やおや（八百屋）　　9
やさい（野菜）　　10
やさしい（易しい）　　12
やすい（安い）　　7
やすみ（休み）　　12
やすみのひ（休みの日）　　8
やまだ（山田）　　7

―ゆ―

ゆうびんきょく（郵便局）　　4
ゆうべ　　9
ゆうめい（な）（有名（な））　　7
ゆき（雪）　　12

―よ―

よく　　11
よこ（横）　　5
よみます（読みます）　　10
よる（夜）　　8
よろしく　おねがいします
　　（よろしく　お願いします）　　2

よわい（弱い）　　12

―ら―

ラーメン　　11
ライオン　　5
らいげつ（来月）　　9
らいしゅう（来週）　　8
らいねん（来年）　　9

―り―

り（李）　　2
りょう（寮）　　10
りょうり（料理）　　7
りょこう（旅行）　　12
りん（林）　　2
りんご　　6

―れ―

れいぞうこ（冷蔵庫）　　5
レストラン　　5
レポート　　10
れんきゅう（連休）　　9

―ろ―

ロック　　11

―わ―

ワイン　　6
わかりました（分かりました）　　10
わかります（分かります）　　11
わたし（私）　　2
わたなべ（渡辺）　　11

わらいごえ（笑い声）　　　　11

―を―

～をあんないします
　　（～を案内します）　　　7

Note

Note

Note

Note

Note

國家圖書館出版品預行編目(CIP)資料

基礎日本語／陳連浚等合著. – 三版. – 臺北縣
　　土城市　：　全華圖書，民 99.07
　　　面；　　公分
含索引
ISBN　978-957-21-7728-0 (平裝附光碟片)

1. 日語　2. 讀本

803.18　　　　　　　　　　　　　　　　99011861

基礎日本語

作者 / 陳連浚、阮文雅、陳亭希、陳淑女、陳瑜霞、楊琇媚、鄭玫玲、鄧美華、劉淑如、
　　　川路祥代

發行人 / 陳本源

執行編輯 / 王麗雅

封面設計 / 錢亞杰

出版者 / 全華圖書股份有限公司

郵政帳號 / 0100836-1 號

印刷者 / 宏懋打字印刷股份有限公司

圖書編號 / 09086027

三版五刷 / 2022 年 9 月

定價 / 新台幣 350 元

ISBN / 978-957-21-7728-0

全華圖書 / www.chwa.com.tw

全華網路書店 Open Tech / www.opentech.com.tw

若您對本書有任何問題，歡迎來信指導 book@chwa.com.tw

臺北總公司(北區營業處)
地址：23671 新北市土城區忠義路 21 號
電話：(02) 2262-5666
傳真：(02) 6637-3695、6637-3696

南區營業處
地址：80769 高雄市三民區應安街 12 號
電話：(07) 381-1377
傳真：(07) 862-5562

中區營業處
地址：40256 臺中市南區樹義一巷 26 號
電話：(04) 2261-8485
傳真：(04) 3600-9806(高中職)
　　　(04) 3601-8600(大專)

讀者回函卡

掃 QRcode 線上填寫 ▶▶

姓名：　　　　　　　　　　生日：西元　　　　年　　　月　　　日　　　性別：□男 □女

電話：（　　　）　　　　　　　　　　手機：

e-mail：（必填）

註：數字零，請用 Φ 表示，數字 1 與英文 L 請另註明並書寫端正，謝謝。

通訊處：□□□□□

學歷：□高中・職　□專科　□大學　□碩士　□博士

職業：□工程師　□教師　□學生　□軍・公　□其他

學校／公司：　　　　　　　　　　　　　　科系／部門：

・需求書類：

□ A 電子 □ B 電機 □ C 資訊 □ D 機械 □ E 汽車 □ F 工管 □ G 土木 □ H 化工
□ I 設計 □ J 商管 □ K 日文 □ L 美容 □ M 休閒 □ N 餐飲 □ O 其他

・本次購買圖書為：　　　　　　　　　　　　　　書號：

・您對本書的評價：

封面設計：□非常滿意　□滿意　□尚可　□需改善，請說明

內容表達：□非常滿意　□滿意　□尚可　□需改善，請說明

版面編排：□非常滿意　□滿意　□尚可　□需改善，請說明

印刷品質：□非常滿意　□滿意　□尚可　□需改善，請說明

書籍定價：□非常滿意　□滿意　□尚可　□需改善，請說明

整體評價：請說明

・您在何處購買本書？

□書局　□網路書店　□書展　□團購　□其他

・您購買本書的原因？（可複選）

□個人需要　□公司採購　□親友推薦　□老師指定用書　□其他

・您希望全華以何種方式提供出版訊息及特惠活動？

□電子報　□ DM　□廣告（媒體名稱　　　　　　　　　　　）

・您是否上過全華網路書店？（www.opentech.com.tw）

□是　□否　您的建議

・您希望全華出版哪些書籍？

・您希望全華加強哪些服務？

感謝您提供寶貴意見，全華將秉持服務的熱忱，出版更多好書，以饗讀者。

填寫日期：　　　／　　　／

2020.09 修訂

勘　誤　表

頁　數	行　數	書　名	作　者
		錯誤或不當之詞句	建議修改之詞句

我有話要說：（其它之批評與建議，如封面、編排、內容、印刷品質等⋯⋯）